프로만 알고 있는

소설 쓰는 법

프로만 알고 있는

소설 쓰는 법

모리사와 아키오 지음

이민희 옮김

21세기문화원

프롤로그

이제 당신도
'마법의 열차'를 개발하는 엔지니어가 될 수 있다.

내가 이 책을 쓴 목적은 오직 하나!
당신을 창작에 뛰어난 엔지니어로 만드는 것이다.
최단기간 쾌속 질주로—.

'소설가란 무엇인가?' 혹은 '글쓰기는 어떤 자세로 임해야 하는가?'와 같이 뜬구름 잡는 물음들에 대한 대답은 다른 책에 맡기기로 하고, 이 책에서는 프로 작가가 터득한 '실천 가능한 요령'과 그 '사용법'을 알기 쉽게 정리했습니다. 중학생도 이해할 수 있을 만큼 간명한 논리로 문장을 풀어 쓰고, 예문과 도표도 넣어서 한눈에 알아볼 수 있도록 말이죠.

책장을 넘길 때마다 '아하, 그렇구나!' 하며 절로 무릎을 칠 겁니다. 솔직히 자신 있어요. 땀 한 방울도 아끼지 않고 다 쏟아부었거든요. 이 책의 담당 편집자가 "모리사와 씨, 이런 것까지 밝혀도 괜찮을까요?" 하고 걱정할 정도였답니다.^^*

아무튼 이 책은 소설 투고 사이트 「노블업 플러스(https://novelup.plus)」에 연재한 글을 다듬고 보완한 것입니다. 그 사이트에서 소설 지망자들이 창작에 대한 질문을 올리면 내가 답변해 주었습니다. 그러니까 이 책은 실제로 소설 쓰는 분들이 현실적으로 맞닥뜨린 장벽과 그 문제를 극복할 수 있는 방법을 Q&A 형식으로 엮은 셈입니다. 보나 마나 책 내용은 실천적이겠죠? 소설 쓰는 현장의 생생하고 구체적인 목소리를 들을 수 있습니다.

소설이란 독자의 마음을 싣고 공상의 세계라면 그 어디라도 마음껏 날아갈 수 있는 '마법의 열차'라고 생각합니다. 만약 그런 멋진 열차를 자기 뜻대로 그릴 수만 있다면 어떨까요? 아, 마냥 기분이 좋아지지 않나요?! 비록 '출산의 고통'이 따를지언정 창작하는 행위 자체를 몇 배나 더 즐길 수 있게 되리라 믿습니다.

이 책을 읽고 나서 그 내용을 익히면 당신은 분명 창작의 즐거움을 아는 사람이 될 것입니다. 소설이라는 '마법의 열차'를 만드는 엔지니어로 거듭 태어날 테니까요. 글쓰기를 즐길 뿐 아니라 '글 읽는 사람을 행복하게 만드는' 무한한 기쁨까지 누릴 수 있을지도 모르겠습니다.

그렇게 되길 진심으로 바랍니다.

소설가 모리사와 아키오

차   례

STEP 3 플롯을 만들다

STEP 1
이야깃거리를 생각하다

01 글감이 잘 떠오르지 않아요.

A 이야깃거리는 당신 주변에 얼마든지 있다.

나는 무엇을 쓸지 고민해 본 적이 없습니다. 왜냐하면 이야깃거리는 주위에 얼마든지 널려 있기 때문이죠.

본래 소설은 그 속에 등장하는 캐릭터의 오르락내리락 하는 마음을 그리는 성장 이야기입니다.

우리가 마음이 요동치는 사람의 이야기를 들을 수만 있다면, 벌써 글감은 찾은 셈이죠. 과연 살면서 단 한 번도 마음이 흔들린 적이 없는 사람이 있을까요? 그러니까 우리는 적어도 단편 소설이 될 만한 정도의 글감(경험)은 이미 가지고 있는 거예요.

무슨 소리냐 하면 가까운 주변 사람에게 "있잖아, 살면서 가장 힘들었던 때는 언제였어?" 하고 묻고 나서 그 이야기를 귀담아들은 후에, "그런 역경은 어떻게 헤쳐 나왔는데?" 하고 물으면 한꺼번에 이야기의 결말까지 얻을 수 있다는 말이에요.

주인공이 좌절을 겪고 괴로워하다가 극복하고 성장한다는 일련의 흐름을 파악한다면 단편 소설의 글감으로는 충분합니다. 물론 지인한테 들은 이야깃거리를 그대로 쓰면 안 돼요. 자기 나름의 각색은 해야겠지요. 이런 작업이 가능하면 플롯은 거의 완성된 거나 마찬가지입니다. (플롯에 관해서는 STEP 3에서 설명하겠습니다.)

만약 장편을 쓰고 싶다면 서로 전혀 모르는 두 사람의 이야기를 뒤섞는 방법도 있어요.

예를 들어 '직원 전용실에서 따돌림을 당하는 여성 교원의 이야기'와 '선생님을 사모하는 남학생의 이야기'를 합치는 거죠. 거기에 '부모님의 이혼으로 괴로워하는 이야기'를 남학생의 가정 형편으로 짜 넣어도 좋고요. 이렇게 '어디에나 있을 법한 이야깃거리'를 여럿 조합하면 독창적인 장편 플롯이 완성됩니다.

여기에 하나 더!

소설가로서 '불행한 사건＝취재할 기회'라는 것을 잊지 마세요. 만약 나한테 불행이 닥치면, 나는 바로 취재에 들어갑니다.

내가 그 불행한 일을 어떻게 느끼고 행동하는지, 어떻게 다시 일어서는지, 또 당시 주변 사람들은 나에게 무슨 말을 하고 어떤 행동을 했는지, 도대체 그 언행의 이유는 무엇인지…?

이런 사항을 하나도 놓치지 않고 관찰해 가는 겁니다. 불행에서 일어서는 인간의 성장 드라마는 분명 좋은 글감이 될 테니까요.

02 글거리는 어떻게 찾나요?

A SNS에 떠도는 누군가의 '일상'이 도움이 된다.

SNS에 올라온 누군가의 '넋두리'나 '코멘트'를 눈여겨 보면 글거리 찾는 데 도움이 돼요. 정말이지 '초(超)' 자를 붙여도 좋을 만큼 강력히 추천합니다.

친구의 친구, 그리고 그 친구의 친구, 자신과 아무런 상관이 없는 사람들이 올린 일상을 주욱 훑어보세요. 여기 저기에 수없이 많은 '생생한 고민거리'가 널려 있음을 새삼 깨닫게 될 겁니다. 그야말로 '글감의 원석'이죠.

재미있는 소설을 쓰는 데 중요한 것은 다음과 같습니다.

'캐릭터를 불행하게 만든다'

↓

'불행에서 일으켜 세운다'

↓

'역경을 딛고 일어서는 과정에서 인간으로서 성장하는 모습을 그린다'

(이것은 소설뿐 아니라 영화·드라마·만화·애니메이션 등 대부분의 히트작에 공통으로 보이는 이야기 꾸미기에 들어가는 최소한도의 조건입니다.)

요컨대 소설가는 먼저 캐릭터를 불행하게 만들어야 하는데, 그러한 글감으로 누군지도 모르는 사람의 '생생한 고민거리'가 쓰인다는 것입니다.

물론 SNS에서 찾은 누군가의 걱정거리를 그대로 글감으로 가져다 쓰는 사례도 있어요. 만약 그렇더라도 창작자로서 자긍심을 발휘했으면 합니다. 자신이 쓰고 싶은 소설의 세계관에 딱 들어맞도록 '글감의 원석'이 반짝반짝 빛이 날 때까지 갈고 닦읍시다. 그래야 글쓴이의 독창성이 생기고 작품에 애착도 가니까요. (구체적인 사항은 Q 03에서 설명하겠습니다.)

03 독창성이 강한 글을 쓰려면 어떻게 해야 하나요?

A 자신이 만들고 싶은 캐릭터나 이야기의 설정에 자연스럽게 녹아들도록.

소설로 만들어질 것 같은 '누군가의 고민'을 알게 되면 그 '고민'을 깊이 파고들 필요가 있어요. 즉 캐릭터의 개성을 살릴 수 있도록 조정하거나 이야기가 더 재미나도록 가공하는 일이 필요하다는 말입니다. (캐릭터나 무대를 설정하는 방법은 STEP 2에서 설명하겠습니다.)

예를 들어 '젊은 남성 신입사원이 직장 상사에게 매일같이 혼나거나 걷어차이는 등 직장 내 괴롭힘을 당하는' 걱정거리를 SNS에서 발견했다고 칩시다.

그런데 당신이 쓰고 싶은 소설 주인공은 젊고 사랑스러운 여성이라면? 반드시 거기에 가공과 조정이 들어가야겠지요. 화를 내는 말투에 성적 희롱을 넣어 보거나 넓적다리를 걷어차이는 것이 아니라 온종일 기분 나쁜 메시지가 쏟아져 주인공이 정신적 충격을 받는다거나 그도 아니면 스토킹을 당한다거나 하는….

이런 느낌으로 여기저기에서 모은 글감을 소설의 캐릭터나 이야기에 자연스럽게 녹이면 독창성이 깃들고, 작품에 리얼리티도 생겨날 겁니다.

중요한 것은 가공이나 조정을 가한 '고민거리'에 대해 주인공이 어떻게 대처하는지에 달려 있습니다. 이 부분이 바로 주인공의 됨됨이나 가치관, 성장 과정을 명확히 표현하는 곳입니다. 바꾸어 말하면 이 대목을 그리기 위해 최적의 '고민거리'가 되도록 가공이나 조정 과정을 거치는 셈이죠.

04 자신의 삶을 소설로 만드는 일도 있나요?

A 제삼자의 눈으로 볼 수만 있다면 OK!

자신의 삶을 소설의 소재로 삼는 예는 있지만, 그러한 경우에는 주의할 점이 있어요.

무슨 소리냐 하면 그 누구보다 자신을 잘 알기에 그만 감정에 사로잡혀서 하염없이 '심정'만 늘어놓기 십상이란 말입니다.

정말로 중요한 것은 아래와 같습니다.

- 늘 한결같이 제삼자의 눈으로 자신을 바라볼 것.
- 제삼자의 눈으로 과거의 자신을 '밖에서 관찰'할 것.
- 관찰한 과거 자신의 '행동'을 중심으로 쓸 것.

이것이 가능하다면 리얼리티와 설득력 둘 다 갖춘 작품을 쓸 수 있을 겁니다.

익숙해질 때까지 일인칭이 아닌 삼인칭으로 쓰는 편이 냉정한 눈으로 '과거의 자신'을 캐릭터로서 관찰할 수 있다고 생각합니다. (일인칭과 삼인칭의 사용법에 관해서는 Q 35에서 자세히 설명하겠습니다.)

한 마디 덧붙이자면, 자신을 그릴 때는 따로 취재할 필요가 없으니 마음이 편해집니다. 하지만 이런 상태가 지속되면 자신 이외의 이야기는 쓸 수 없게 될지도 몰라요. 그러니 자신에 관한 것만 쓰는 건 신중히 생각해 봐야 합니다.

나는 나 이외의 다른 사람 쪽에 훨씬 흥미를 느낍니다. 취재하면서 감동하거나 무언가를 배우기도 하니까, 나 자신에 관한 이야기는 거의 쓰지 않았죠. 그래도 언젠가는 '사소설(私小說)'을 쓸지도 모르겠어요. 사실 난 이야깃거리를 줄줄 달고 산 거나 마찬가지랍니다.

05 일이 재미있어서 화제로 삼고 싶은데 괜찮을까요?

A 자신의 일은 자세히 알고 있으니까 글감이 된다.

나는 늘 '소설가의 눈으로 보면 모든 인생 경험이 글거리'란 말을 입에 달고 살아요. 말만 그리하는 게 아니라 진심으로 그렇게 생각하죠.

예를 들면 무릎을 다쳐 구급차로 병원에 실려 가면서도 '언젠가 소재가 될지도♪'라는 생각에 구급대원들에게 질문을 퍼붓고 싶어 죽을 지경이었습니다. 이후 입원했을 때나 수술을 받아야만 했을 때, 그리고 재활 치료를 받을 때의 모든 상황이 나로서는 취재였기에 하나하나 스마트폰으로 사진을 찍고 메모도 남겼습니다.

그로부터 몇 년이 지나 나는 『맛있어서 눈물이 날 때(お いしくて泣くとき)』라는 작품 속에서 '무릎을 다친 소년'을 주인공으로 내세웠답니다. 주인공의 상처에 관한 묘사가 생생한 것은 말할 필요도 없겠지요?

아무튼 '모든 인생 경험이 글거리'가 될 가능성이 크니, 많은 일을 겪어 보고 이야깃거리를 늘려 나갑시다.

때로는 일부러 자신이 잘하지 못하는 분야나 흥미가 없는 분야에 관심을 가져 보는 것도 좋은 일이겠죠. 그런 경험은 소설의 폭을 넓힐 좋은 기회가 될뿐더러 설령 그것을 쓰지 못하더라도 자신의 삶이 풍부해질 테니까요.

본론으로 들어가 '일이 재미있어서'로 말할 것 같으면, 자기 일을 화제로 삼는 일은 물론 있습니다. 다만, 그 일을 글감으로 삼아야 하는 이유는 '재미있어서'가 아니라 '자세히 알고 있기 때문'이어야 해요. 소설 속에 '작자가 잘 아는 일'을 쓰면, 그 부분의 묘사가 생생해지고 작품이 활기를 띠어 독자의 뇌리에 그 이미지가 강렬하게 남기 때문이죠. 거기가 포인트랍니다.

반대로 '잘 알지 못하는 일'을 써야 할 경우도 있는데,

그야말로 소설가로서 취재가 필요한 때입니다.

마지막으로 한 가지 주의할 점!

자신이 잘 아는 일이라고 해서 표현이 장황하게 늘어지거나 지루해지면 안 돼요. 사실 이 부분은 제아무리 프로라도 빠지기 쉬운 함정이에요.

06 '글감 베끼기'를 어떻게 생각하세요?

A 작품 속에 캐릭터를 녹여 낼 수만 있으면 달리 신경 쓰지 않아도 된다.

지금까지 전 세계에서 만들어진 이야기 수는 몇 십만? 몇 백만? 아니면 더 많을까요?

세상의 모든 작품을 읽는 일은 불가능하겠죠? 그러니 나는 글감 베끼는 일에는 되도록 신경을 쓰지 않으려고 애씁니다. 고민해 봤댔자 아무 소용이 없으니까요. 물론 의식적으로는 내가 알고 있는 이야기를 그대로 갖다 쓰지 않으려고 노력합니다만.

중요한 것은 이야깃거리가 이미 나온 작품과 같아질까 걱정할 게 아니라, 오히려 '살아 있는 듯 생생한 캐릭터의 설정에 몰두하는 것'이라고 생각합니다.

작자가 세부 사항까지 끈질기게 집착하며 캐릭터들을 만들어 내고 그렇게 만들어진 인물들이 이야기 세계에서 '자연스레 살아 움직이는 것'과 같은 소설을 쓸 수만 있다면 달리 신경 쓰지 않아도 됩니다. (캐릭터를 만드는 법은 Q 13에서 자세히 쓰겠습니다.) 자신이 쓴 이야기가 이미 누군가 써놓은 작품과 완전히 겹치는 일은 아마 없을 겁니다.

07 매너리즘에서 벗어나려면 어떻게 해야 하나요?

A 평소 흥미를 못 느낀 장르를 닥치는 대로 읽자.

머릿속 서랍에서 꺼낼 것이 부족하니까 이야기가 매너리즘에 빠지는 거예요. 먼저 비어 있는 서랍을 다양한 장르의 정보(지식과 경험)로 채워야 합니다.

늘 하던 대로 생활하면 아무래도 똑같은 계통의 정보만 집어넣고 말겠지요?

자신이 좋아하는 음악을 듣고 만화와 영화를 보고 사람도 편한 이만 만나고 장소도 항상 찾던 곳만 찾고…. 이런 삶이 지속되는 동안 작가의 머릿속에는 같은 일만 맴돌게 돼요. 거기서 꺼낸 이야기가 매너리즘에 빠지는 건 시간 문제입니다.

그래서 나는 '아직 읽어 본 적이 없는 장르의 책을 닥치는 대로 읽어 보기', 즉 손에 닿는 대로 읽어 보기를 제안합니다. 꽤 효과적이에요.

나는 학창 시절 (신간 서적을 살 돈이 없어서) 헌책방에 있는 책 가운데 가장 싼 책들이 늘어선 선반이나 진열대 앞에 서서 '이곳부터 저곳까지' 모으는 식으로 책을 사곤 했습니다. '시시해도 끝까지 읽겠다'는 굳은 마음으로 말이죠. 그러자 그때까지 전혀 관심이 없던 장르의 지식이 새로운 서랍에 차곡차곡 쌓이게 되었어요. 그로부터 30년이 흐른 지금도 나는 그 서랍의 도움을 받으면서 소설과 에세이를 쓰고 있답니다.

부디 '자신이 모르던 분야의 정보를 알게 되는 즐거움'을 마음껏 누리시길, 하여 서랍의 수도 계속 늘려 가시길 바랍니다.

단언컨대 매너리즘과 결별할 수 있으리라 확신합니다.

08 글감이 나오는 단계에서 결말까지 생각하나요?

A 결말까지 떠오르면 행운!

다음 중에서 어느 한 가지가 번뜩이면 글쓰기는 시작됩니다.

- 드라마가 만들어질 법한 인간관계도
- 매력적인 캐릭터
- 무언가 사건이 발생할 것 같은 무대

창의적인 글감은 곧바로 메모해 둡니다. 이런 번뜩임은 이야기의 '핵심'이 되는 경우가 많아, 거기에 살을 붙이는 것만으로도 재미있는 플롯이 만들어지거든요.

종종 이야기의 '결말'이 먼저 떠올라서 '이 결말을 쓰기 위해 이야기를 만들겠다'고 마음먹는 때도 있지만, 그럴 때는 먼저 결말에서 거꾸로 올라갈 수 있도록 얼추 이야기의 흐름을 짜 둬요. 마지막에 미세하게 조정하여 플롯을 깔끔하게 정리하고요.

언젠가 번뜩이는 아이디어를 메모하려다가 머릿속에서 이야기의 이미지마저 형태가 잡히는 바람에 그 자리에서 간단한 '플롯'까지 쓴 적도 있어요. 이럴 때는 대부분 임시로 만든 '결말'까지 써 내려가는데, 결말까지 단번에 쓸 수 있다는 건 그야말로 행운이 아닐 수 없죠. 왜냐면 결말은 집필이란 여정의 '목적지'이기 때문입니다.

이해하기 쉽도록 내비게이션에 비유하겠습니다. 목적지를 정하면 거기로 이어지는 경로(= 에피소드)도 보이겠죠? 직진하거나 좌우로 회전하거나 고속도로를 타거나 호수를 따라 달리거나 하는….

이야기를 쓰는 행위는 출발점과 목적지 사이의 경로를 여러 에피소드로 줄줄이 엮는 작업이라 할 수 있어요. 염주 한 알 한 알을 '글감'이라 치면, 글감을 주무르기도 전에 '결말(=목적지)'이 보이는 것이 더 효율적입니다.

그렇지만 막상 글감을 꺼내서 플롯을 짜다 보면, 이미 정해 놓은 결말이나 에피소드를 웃도는 아이디어가 떠오르는 게 보통입니다. 그럴 때는 유연하게 목적지나 경로를 변경하여 보다 나은 아이디어를 골라 써야 해요.

지금까지의 이야기를 정리하자면 이렇습니다.

글쓰기를 시작하는 단계에서 결말이 보이지 않아도 괜찮아요. 아주 가끔이긴 하나 결말이 미리 떠오르는 때도 있는데, 그야말로 행운이죠. 그 결말을 향해 효과적으로 플롯을 만들 수 있거든요.

하지만 그렇게 플롯을 짜 놓았다 하더라도 더 좋은 노선으로 변경해야 마땅하니까 무리하게 정해 놓은 결말이나 에피소드에 연연할 필요는 없어요. 새로운 글감을 내놓고 최고의 결말을 이미지화하면서 알알이 염주를 꿰는 일에 온 힘을 다합시다.

09 어떤 글이 책으로 나오는지 알고 싶습니다. 어떤 경우에 뽑히지 못하는지도 알고 싶어요.

A 자기 마음을 움직인 이야깃거리는 '임시 채용'으로!

아이디어가 번뜩이는 순간, 스스로도 놀랐다거나 찡하고 울림이 있었다거나 주체할 수 없을 만큼 가슴이 벅차올랐다면, 그 글감은 독자의 마음을 움직일 가능성이 상당히 크다는 말이니, '임시 채용'으로 노트북에 메모합니다. 그러고는 얼마간 그 글감에 손을 대지 않고 그대로 내버려 두었다가 냉정한 시선으로 다시 읽어 보는 거지요. 지난번과 마찬가지로 이번에도 마음이 요동친다면 바로 '본선 채용'으로 결정! '언젠가 소설로 만들 이야기'로 남겨 놓습니다.

번뜩이는 아이디어가 너무 대중적이라거나 과거에 누군가 쓴 것 같다거나 하는 일에는 그다지 신경을 쓰지 않아요. 아무튼 일단 '임시 채용'으로 보관해 둘 것을 적극 추천합니다. 왜냐하면 나중에 다시 읽을 때, 그 아이디어가 힌트가 되어 다른 아이디어도 쏟아져 나오는 사례가 많기 때문입니다.

이어서 '채택되지 못하는' 경우도 알아볼까요. 이 또한 단순명쾌한 기준이 있습니다. 그것은 바로 자신의 마음이 움직이지 않았을 때입니다.

이런 글감으로 작품을 쓰고 있는 자신을 상상해 보고 깊이 빠져들지 못할 것 같으면 바로 폐기합니다. 설령 재밌을 것 같아 글쓰기를 시작했다고 하더라도 막상 써 보니 전혀 그렇지 않고 앞으로도 재미가 생길 것 같지 않다 싶으면 이 또한 망설임 없이 버려야 해요. 반 달 가까이 써 온 작품을 폐기하거나 원고지로 100매 이상 쓴 글을 접은 일이 한두 번이 아닙니다. 이럴 때는 나조차도 헛수고했다는 생각에 탁하고 맥이 풀린다니까요.

그래도 온 힘을 다해 소설을 쓰는 것이니만큼 대충 넘어갈 수는 없다는 게 내 생각인데, 당신은 어떤가요?

글쓰기의 괴로움 속에서도 퍼팩트한 작품을 목표로 써 내려갈 때, 깊은 희열을 느낄 수 있답니다. 하지만 아주 잠시라도 방심하는 순간, 집필 자체가 '단순한 노동'이 되어 버려요. 날림으로 쓴 작품에는 당연히 애착이 가지 않겠죠? 프로인 직업 작가로서 말하자면 '돈을 내고 소설을 사는 독자에게 미안한 일'이라고 생각합니다.

여기서 잠시 지난 옛일을 하나 꺼내 볼게요.

벌써 십수 년 전 이야기입니다만, 아무개 선배 소설가가 나에게 조언을 한 적이 있습니다.

"모리사와, 어머니가 죽어서 슬픈 얘기와 연인이 불치의 병에 걸린 얘기는 절대로 쓰지 마. 그런 유의 얘기는 더는 쓸 게 없어질 때가 아니면, 꺼내면 안 되는 거 알지?."

나에게 이렇게 말해 준 선배가 지금 하늘 위에서 나를 지켜보고 있을 테니, 그에 관한 일화는 이쯤에서 접어 두지요.

10 제목이나 키워드를 정하면 글쓰기가 편하니까 미리
정해 놓는 경우가 많은데, 이 방식은 좋지 않나요?

A 프로도 제목을 짓고 나서 쓰기도 한다.

제목이 있어야만 글쓰기가 쉽다면 그 방법도 좋습니다.
글은 쓰면 쓸수록 늘어요. 무엇보다 글을 쓰고 있는 동안
자신이 좋아하는 장르나 잘할 수 있는 장르를 찾을지도
모르죠. 작품을 여럿 쓰다 보면 그 가운데 수작이 나올 가
능성도 커서요. 장님 문고리 집는 격이밀까요?

예전에 엄청 유명한 작사가와 얘기를 나눴는데, 그가
이런 말을 했습니다.

"히트를 치기 위해선 일단 많이 쓰고 봐야 해. 수천 곡

쓰다 보면 몇 곡은 건지니까."

아무튼 매번 스스로 제목을 붙여 놓고 그 제목의 제약 속에서 글을 쓰다 보면, '틀에 박혀 자유로운 발상이 좁아지면 어쩌나…' 하고 걱정이 될 거예요.

하지만 괜찮아요. 그럴 때는 나 이외의 다른 사람에게 제목을 부탁하면 되니까 말입니다. 사실 나도 담당 편집자나 출판사 관계자 혹은 미디어 믹스 담당 프로듀서에게 제목을 받아서 쓰는 경우가 있거든요. 그렇게 낸 작품이 영화로 만들어지거나 베스트셀러가 되었답니다.

제목이라는 우물에 앉아서 자유로운 발상이 고갈될 날을 기다리기보다는 자유로운 제목 선정을 즐기는 발상의 전환도 필요하겠죠. 어쨌든 자잘한 일은 신경 쓰지 말고, 언제나 자유롭게 척척 쓰면서 솜씨를 연마하는 일이 중요합니다.

11 소재를 좀 더 참신하게 만들고 싶은데, 좋은 방법이
없을까요?

𝒜 산다이바나시(三題噺) 방식을 가져다 쓰자.

산다이바나시는 관객이 낸 세 가지 제목을 사용하여 즉
석에서 하나의 이야기로 정리하는 것을 말합니다.

소재를 참신하게 하고 싶다면 산다이바나시처럼 각각의
세 가지 제목을 전혀 상관이 없는 엉뚱한 이야기로 만들기
만 하면 돼요.

내 작품 가운데 『닭 모양 풍향계를 단 노포 레스토랑
(キッチン風見鶏)』은 그렇게 태어난 작품입니다.

사전 조율 차 담당 편집자와 가진 자리에 가도카와 하
루키(角川春樹) 사장이 동석했는데, 느닷없이 이런 말을 꺼

내지 뭡니까.

"모리사와 씨, 당신이 이런 느낌의 글을 써 줬으면 해요. 해안가 마을을 무대로 한 인간 드라마면 어떨까 싶어요. 레스토랑이 주된 장소여서 맛있는 숙성 고기가 나온다면 더할 나위 없이 좋겠죠. 다음은 전쟁과 얽힌 이야기였으면 합니다."

바다가 내려다보이는 마을, 레스토랑, 숙성 고기, 전쟁. 세 가지 이야기인 산다이바나시라고 해야 할까요? 아니지, 네 가지니까 욘다이바나시(四題噺)라고 해야겠네요.

평소 역사에 어두운 탓에 전쟁에 관해 잘 모르니 '이거, 곤란하겠는데.' 하면서도 일단은 제안을 받아들였습니다. 갖은 고생을 해 가며 어렵사리 플롯을 짜서 어찌어찌 소설을 완성했고요.

결과물을 본 가도카와 사장은 아주 마음에 들어 했는데, 다행스럽게도 작품 또한 대박이 났어요. 내가 어떤 이야기를 썼는지 부디 읽어 보시길 바랍니다. (선전♪)

산다이바나시식으로 이야기를 정리하려면 지혜를 쥐어짜내야겠지요. 하지만 이런 방식은 트레이닝으로 굉장히 효과적이고 그렇게 나온 이야기는 새롭고 산뜻할 겁니다. 나를 믿고 꼭 시도해 보십시오.

12 진전이 없을 것 같은 이야깃거리만 떠올라요.

A '실제로 만나는 지인'과 '전혀 상관이 없는 무대'를
조합하도록!

아무래도 이야기가 앞으로 나아가지 않는다는 고민은
열에 여덟아홉 '캐릭터를 확실히 잡지 못한' 탓이라고 생
각해요. 그럴 때는 당신이 잘 알고 있는 사람을 뽑아내서
그를 '실제로는 있을 수 없는 무대'에 (상상 속에서) 올려 보
는 것입니다.

예를 들어 중학교 시절의 동창생을 모두가 꺼리는 블랙
기업에 옮겨 놓으면 어떨까 상상해 보는 거죠.
과도한 노동을 요구한 후 젊은 직원들의 퇴직을 종용하

는 기업의 상사 또한 당신이 예전에 정말로 싫어했던 선생님으로 설정해 보고요. 평사원 한 사람은 선생님에게 반항하던 문제아로, 다른 한 사람은 학급의 여신으로 만드는 식도 좋아요.

이렇게 하면 당신이 알고 있는 개성(캐릭터)들이 어떤 말과 행동을 할지 이미지로 그릴 수 있겠지요? 그렇게만 되면 그 자체로 멋진 소설의 글감이 될 겁니다. 어디 그뿐입니까? 쓰기도 쉽잖아요.

물론 무대는 블랙 기업이 아니어도 괜찮습니다. 등장인물이 최근 유행하는 '판타지 세계'로 환생해도 좋고, 부패한 경찰 조직에 몸담아도 돼요. 세대를 잇는 노포 레스토랑과 단골손님도 추천할 만한 조합입니다.

누가 뭐래도 소설은 픽션이니까 주어진 자유를 마음껏 즐기면 됩니다. 당신이 그리고 싶은 세계(무대)를 마음 가는 대로 정하고, 그렇게 만든 세상에 이런저런 타입의 사람을 풀어놓는 겁니다. 유별난 사람이나 친숙한 사람 가릴 필요 없이 말입니다.

COLUMN 1 소설가는 육체노동자?

서른 즈음, 나는 동네 스포츠 클럽에 가입하여 근육 운동을 시작했습니다. 아마도 편집하는 일을 그만두고 프리라이터(자유 기고가)로 활동하던 무렵일 겁니다. (나는 프리라이터 이후 소설가가 되었습니다.)

그로부터 이십여 년이 지난 지금도 나는 묵묵히 그 묵직한 금속 덩어리를 들어 올렸다 내려놓기를 되풀이하고 있습니다.

본격적으로 트레이닝을 받을 때는 130kg이나 나가는 벤치프레스를 들어 올리기도 했어요. 성인 남성이 평균 40~50kg 정도의 무게를 든다고 하니까 꽤 잘하는 편이라고 할 수 있죠. 스포츠 클럽의 스태프 사이에서 '저 사람, 격투기 선수 아냐?' 하는 식의 소문이 돌 정도였다니까요.

몇 년 전에는 바에서 술을 마시고 있는데 느닷없이 처음 보는 사람이 종이와 펜을 들이밀면서, "팬이에요. 사인 좀 부탁합니다."라고 말하기에 나도 반가운 마음에 사인했어요. 그러자 그가 매우 기쁜 듯 두 팔을 들고 승리 포즈를 취하지 뭡니까.

"다음 시합에도 응원할게요. 기필코 KO로 이겨 줘요!"

"…"

그렇게 말한 사람의 꿈을 깨트리면 안 될 것 같고, 사인도 해 버린 터라 나는 억지웃음을 지으며, "어, 뭐 그럼, 반드시 승리하겠습니다." 하고 대답하는 수밖에 달리 방도가 없었지요.

뭐, 늘 이런 식이다 보니, 이 칼럼의 원고를 쓰고 있는 지금도 좀이 쑤셔서 안달이 날 지경입니다. 몸 여기저기에서 근육들이 들고 일어나는 참 좋은 느낌을 만끽하고 있다고나 할까요.^^

주변 사람들로부터 "소설을 쓰는 데 모리사와 씨의 근

육은 필요 없잖아요!" 하는 말을 자주 듣곤 하는데, 절대로 그렇지 않습니다. 내가 이렇게까지 근육 단련을 지속하는 이유는 오히려 '소설을 쓰기 위해서'니까요.

사실 소설을 쓰는 행위는 힘든 육체노동입니다. '늘 책상 앞에 앉아서 오로지 노트북의 키보드만 치면 그만 아닌가?' 하고 말하고 싶은 사람이 많을 테지요. 하지만 긴 시간 글과 씨름하다 보면 온몸이 뻣뻣하게 굳어서 피로도가 극에 달합니다. 이런 상태를 그대로 내버려 뒀더니 허리만 삐끗한 게 아니라 목까지 삐딱선을 타지 뭡니까.^^ 심지어 몸이 굳으면 마음도 굳는지라 사고력까지 뚝 떨어진다는….

그래서 근력을 키우러 갑니다. 몸을 움직여 근육 뭉침을 풀고 스트레스를 발산하여 몸과 마음 모두 글을 쓸 수 있는 상태로 끌어올리죠. 몸에 근육이 붙으면 여간해서는 결리지 않아요. 그만큼 오래 집중하여 원고를 작성할 수 있습니다.

나 말고도 집필을 위해 몸을 단련하는 작가들은 많을 테니, 가능한 한 여러분도 헬스를 해 보면 어떨까요?

STEP 2
설정을 생각하다

13 이야기를 설정하는 데 중요한 것은 무엇입니까?

A 캐릭터를 숙지하는 것.

무대, 인간관계, 스토리 흐름 등 소설을 쓰는 데 몇 가지 설정이 필요합니다. 그중 가장 중요한 것은 '캐릭터 설정'입니다.

잘 생각해 보세요. 지금까지 당신이 깊이 빠져들었던 소설, 만화, 애니메이션, 영화, 드라마는 캐릭터가 매력적이지 않았을까요?

무슨 소리냐 하면 재미있는 이야기를 쓰기 위해서는 최소한 캐릭터가 매력적일 필요가 있다는 말입니다. 그래서 나는 캐릭터 설정에 상당한 시간을 할애합니다. 구체적으로 말하자면 캐릭터 하나하나의 개성을 빠짐없이 써 내려가면서 머릿속으로는 그것을 영상화하는 작업을 하고 있습니다.

예를 들어 주인공의 캐릭터를 잡을 때는 이름, 성별, 신장, 체격, 연령대, 머리 모양, 성격, 복장 등 기본적인 사항부터 적습니다. 손톱은 짧게 자르는 타입으로 기타가 취미지만 잘 치지는 못한다거나 하는 식으로 덧붙이는 거예요. 부모는 모두 교사로 엄격한 가정 환경에서 자랐고 자신을 아껴 주는 누나의 눈치는 보는데, 사나운 주제에 의외로 주사는 무서워하는 이른바 B형 기질로 말이죠. 이어서 봄에는 꽃가루 알레르기에 시달리지만, 여름은 좋아하고 아침에는 잘 못 일어난다는 세부 사항까지 넣고요. 여자한테는 낯을 가리고 생선 살을 바를 줄 아는 것이 자랑거리라는 느낌으로 죄다 열거하고 보는 겁니다.

그렇다고 해도 위에서 예로 든 모든 개성을 소설 속에 일일이 나열할 필요는 없어요. 이런 작업은 어디까지나 작자가 캐릭터를 숙지하고 자연스럽게 움직이도록 만들기 위해 머릿속에 미리 넣어 두는 정보에 불과하니까요.

캐릭터의 '겉모습'은 머리끝에서 발끝까지 상세하게 적어 둡시다. 그림을 잘 그리는 사람은 캐릭터를 미리 그려 놓는 것도 방법이겠지요.

성격을 열거할 때는 등장인물이 나고 자란 환경(성장 과정)을 포함하는 것이 매우 중요합니다. 성격 형성에 '과거'가 큰 영향력을 행사하기 때문이지요. 그리고 '과거' 속에 이야기의 열쇠가 될 만한 사건을 설정해 두면 훨씬 리얼한 이야기가 될뿐더러 복선으로 삼을 거리도 생깁니다.

예를 들어 '어릴 적에 부모가 이혼한' 과거를 복선으로 깔아 두면 '결혼에 환상을 갖지 않는' 태도를 보인다거나 일찍이 '바다에 빠져 죽을 뻔한' 적이 있어서 '애인이 해수욕을 가자고 졸라도 들어주지 않는' 행동을 취한다거나 하는 것 말이죠. 하다못해 '이성에게 호되게 당한' 경험이 있어서 '늦된 어린아이같이 되어 버린' 정도의 스토리는 만들 수 있잖아요.

나로 말할 것 같으면 주인공의 경우는 A4 용지를 다 채

울 정도의 분량을 개성을 열거하는 데 씁니다. (조연은 그 절반이나 7할 정도)

과거의 경험에 관해서는 캐릭터별로 '몇 살에 어떤 일을 겪었는가'와 그에 못지않게 연령대를 분명히 해 두는 것도 중요합니다. 요컨대 캐릭터의 이력서라고나 할까요? 이러한 사항을 확실히 하지 않아서 과거 겪었던 연대가 흔들리면 소설에 모순이 생기므로 주의합시다.

솔직히 말해서 캐릭터를 설정하는 작업은 매우 귀찮은 일입니다. 그래도 캐릭터를 확실히 해 뒀더니 글을 쓸 때마다 내 머릿속에서는 내가 만든 캐릭터가 실재하는 것 같은 기분이 드는 현상이 일어나곤 합니다. 꿈속에 캐릭터들이 나타날 정도라니까요.

이렇게 공들여 만든 캐릭터는 픽션이라는 무대 위에서 마치 살아 있는 듯 활기차게 움직일 테니, 결과적으로 당신의 이야기를 쭉쭉 끌어올려 줄 겁니다.

좋은 작품을 만들기 위해 '성가심'은 늘 따라붙는 혹이라 여기고 정성을 들여 보세요.

14 이야기를 설정할 때, 뭔가를 참고하나요? 전적으로
      자기 생각에 맡기나요?

A 모델이 있으면 글쓰기 편하다.

무엇을 설정할 때, 0에서 1을 만들어 내는 것은 매우
자유롭고 보다 많은 가능성도 있겠지만, 어려운 것 또한
사실입니다. 따라서 초보자는 어떤 것을 모델로 삼아 설
정에 임하는 편이 나을지도 모릅니다. 아니, 분명 그렇게
해야 집필할 때 온몸을 최대한 줄이고 뺀 낱이 착착 앞으
로 나아갈 거예요. 모델이 있으면 더 리얼한 장면을 그릴
수 있다고 생각합니다.

나 역시 모델을 바탕으로 설정한 작품이 몇 개 있어요.

예를 들어 요시나가 사유리(吉永小百合) 씨 주연으로 영화로 만들어진 『무지개 곶의 찻집(虹の岬の喫茶店)』은 무대 설정의 모델로 치바현(千葉県)의 작은 어촌 마을에서 실제로 영업하는 어느 찻집을 담은 작품입니다.

배우 아리무라 가스미(有村架純)가 주연한 영화로도 알려진 『나쓰미의 반딧불(夏美のホタル)』 또한 보소반도(房総半島)의 깊은 산중에서 실제로 잡화점을 열고 있는 나이 지긋한 어머니와 아들을 서브 캐릭터로 삼아 그린 작품이고요.

또 어느 때는 뉴스에 나온 여대생 얘기에 감동해서 그녀를 취재하여 작품을 쓴 적도 있어요. 뉴스는 미에현(三重県)의 어느 외진 마을에서 이른바 '쇼핑 소외자(買い物弱者)'라 불리는 노인들에게 도움을 주고자 한 여대생이 '이동 판매'를 시작했다는 내용을 전했는데, 『달팽이가 찾아오다(かたつむりがやってくる)』는 그때 취재한 내용을 참고해가며 쓴 소설입니다.

이처럼 이야기의 틀을 짜는 데 장소, 인물, 일 등 여러 방면으로 모델을 둘 수 있지만, 되도록 '현실 세계에서 자신의 마음을 흔든 사건을 모델로 하기'를 추천합니다. 왜냐하면 본인의 마음이 흔들린 현실에 바탕을 둔 설정은 필시 독자의 마음도 흔들 것이기 때문입니다.

15 캐릭터를 만들 때, 실재하는 인물을 모델로 삼는 일
　　도 있나요?

A 초보자일 경우는 적극 추천.

　평소 자신이 잘 아는 사람을 모델로 삼으면 캐릭터 설
정에 편할뿐더러 한층 리얼한 인물상을 작품에 그려 넣을
수 있겠죠. 그러니 캐릭터 설정에 익숙지 않은 초보자라
면 누구보다 더 실재하는 인물을 모델로 쓰도록 권하겠습
니다.
　이때 모델을 한 사람으로 제한할 필요는 없어요. 즉, 모
델 여럿의 요소를 뒤섞어서 한 사람의 캐릭터를 만들어도
된다는 말입니다.
　예를 들어 '겉모습은 배우 A씨이고 성격은 동료 B씨,

과묵함은 본인의 조부모, 싸우는 기세는 질 나쁜 친구 C 레벨로' 얼마든지 자신이 원하는 방식으로 창조할 수 있어요.

나로 말하자면 실재하는 모델을 참고하는 경우는 있어도 작품에 그대로 등장시키지는 않아요. 반드시 그 모델이 갖고 있지 않은 가공의 요소를 이것저것 덧씌웁니다. 내가 쓰고 싶은 이야기에 '꼭 들어맞는' 캐릭터로 만들고 싶으니까요.

16 아무리 해도 등장인물의 성격이 늘 같아요. 개성이
강한 인물을 만들려면 어떻게 해야 하나요?

A 캐릭터에 '장점'과 '단점'을 넣도록!

캐릭터를 개성적이고 매력적으로 만들려면 꼭 해야 할
일이 있어요. 뭐냐 하면 모든 주요 캐릭터에게 장점과 단
점을 부여하는 일입니다. 그렇게 하면 캐릭터들은 단번에
매력적으로 바뀔 것이고, 그들의 개성이 이야기를 착착
진척시켜 줄 겁니다. 이런 캐릭터에는 독자도 바로 빠져
들 테니 작품 또한 사랑받지 않을까요?

인기 만화 『원피스(One Piece)』를 예로 들어 봅시다. 주
인공 루피는 신체가 늘어나는 고무 인간인 덕에 강하고

대담한 데다 친절하고 마음도 넓다는 장점이 있습니다. 물론 단점도 있지요. 해적인데도 헤엄을 못 치고 잘 알다시피 생각도 짧아요. 어디 그뿐인가요? 인정에 얽매이니 동료를 구하러 가서는 늘 자신의 생명마저 잃을 위기에 처하곤 하잖아요. 그래도 루피라는 캐릭터의 단점이야말로 사랑받는 포인트가 되지요.

만약 루피가 이지적이고 계산적이며 이해득실에 밝은 탓에 동료의 목숨을 놓고 저울질한다면? 위태로운 상황을 보고도 못 본 척 외면한다면 어떨까요? 한 치의 실수도 용납하지 않는 완벽주의자라면…? 분명 지금만큼 사랑받지는 못했을 테죠.

서브 캐릭터도 마찬가지입니다.

『원피스』에 나오는 조로는 검을 다루는 데는 그를 따라올 자가 없지만, 고지식한 탓에 늘 고생만 하잖아요. 그래서 사랑받는 거지만요. 상디 또한 그래요. 요리와 발차기로는 스페셜리스트이나, 여자한테는 약해 빠져서 바보가 되고 말죠. 돈만 보면 혹해서 어쩔 줄 모르는 나미도 항해사로는 재능이 넘치고요. 우솝은 파친코의 명수라지만 말발 센 사람 앞에서는 기 한번 못 펴요.

전 세계적으로 유명한 만화 『도라에몽(ドラえもん)』도 같아요. 도라에몽은 미래의 도구라면 얼마든지 꺼내 쓸 수 있지만, 쥐를 무서워하는 게 어딘지 모르게 멍청해 보이지 않나요? 노비타(のび太) 군은 또 어떻고요. 운동, 공부, 싸움 죄다 못하는 데다 야무진 구석이라고는 좀처럼 찾아볼 수 없어요. 단점의 종합세트라고나 할까요? 그래도 실뜨기와 사격에 소질이 있고 아무 데서나 잘 자는데 마음씨까지 곱고 순수해요. 싸움을 제법 잘하는 자이안(ジャイアン)은 공부는 못하는데 엄마한테는 또 얼마나 약하다고요. 그런 자이안의 주변을 데림추마냥 맴도는 스네오(スネ夫)는 부자이면서도 여간 약삭빠른 게 아니에요. 무슨 일이든 다 잘하는 미소녀 시즈카(しずか)는 좋아하는 음식이 군고구마인 걸 몹시 부끄러워하죠. 바이올린을 못 켜는 의외의 구석이 있고요.

『도라에몽』에 등장하는 캐릭터 가운데 단 한 사람, 엄청 대단하지만 그다지 인기는 없는 캐릭터가 있어요. 바로 데키스기(出木杉) 군인데요. 왜 인기가 없는지 굳이 말하지 않아도 알겠죠? 너무 완벽해서 사람들이 좋아할 만한 단점이 없기 때문입니다.

이처럼 인기를 끄는 이야기는 서브 캐릭터까지 장점뿐 아니라 단점도 가진, 그러니까 조연까지 살아 있는 듯 생동감을 느낄 수 있어야 재미있어진다고 봐야겠죠.

사람은 장점이 있으면 존경하고 단점은 좋아하는 살아 있는 존재입니다. 현실에서도 소설 속에서도 장점과 단점 둘 다 갖추고 있어야 비로소 매력적으로 보일 거예요.

17 매력적인 헤로인을 그리고 싶습니다. 작자가 여주인
공을 사랑하면 캐릭터가 더 매력적으로 보일까요?

A 딴마음을 품을 거라면 설정 단계까지만.

작자가 헤로인을 연모하는 마음으로 집필을 시작하면
아무래도 이런저런 문제가 생길 것 같습니다.

저도 모르게 마음이 앞서 치달리거나 앞뒤 분간을 못
한다거나 하는 거죠. 맹목적이고 지나친 감정이입으로 결
국 질척거리고 끈적이는 문장이 나올 거예요. 주변에서
심심치 않게 들리곤 하는데, 그런 작품은 '기분 나쁘다'는
야유를 받거나 '저 혼자 신났구먼!' 하는 식의 호된 비평이
쏟아져요.

그러니 집필에 임하는 데 있어 작자와 캐릭터는 일정한 거리감이 필요하다고 생각합니다. 소설 속 여주인공 같은 사람이 실재한다면 절로 마음에 품게 되겠지… 하는 정도가 딱 좋아요. 애착은 둘지언정 냉정함은 잃지 않는다는 거리감 말입니다.

단, 캐릭터를 설정하는 단계에 한해서는 헤로인에게 깊이 빠져들어도 된다고 생각해요. 왜냐면 좋아하는 편이 상세한 부분까지 캐릭터의 이미지를 그릴 수 있기 때문입니다.

여기서 한마디 덧붙이자면 집필 중 작자와 캐릭터 간의 심적 거리는 여주인공이든 악역(꼴 보기 싫은 놈)이든 같아야 해요. 균형감을 잃고 이랬다저랬다 하면 헤로인은 잘 썼다 하더라도 서브 캐릭터의 언행에 위화감이 드는 그런 글쓰기가 되기 십상이거든요.

내 경우는 완전히 캐릭터와 하나가 되어 그 캐릭터가 맛본 몸과 마음의 '감각'을 내 것으로 만듭니다. 그렇지만 정작 이야기에 녹일 때는 냉정한 눈을 가진 또 다른 나를 만들어 논리 정연하게 요모조모 따져 보는 것 같아요.

가령 어느 장면에서 여주인공이 '이런 느낌이겠지' 하고 생각하는 동시에 나 자신의 느낌도 떠올리면서 문장으로 옮긴다고나 할까요?

18 캐릭터의 복장은 어떤 식으로 정하나요?

𝒜 캐릭터의 '개성'을 꼼꼼히 살펴보고 고른다.

복장은 캐릭터의 개성을 표현하는 재료 가운데 하나입니다. 군이 말할 필요도 없이 캐릭터의 성격을 완전히 이해한다는 것은 어떤 옷을 입혀야 하는지도 안다는 말이겠지요?

현재 내가 신문에 연재하고 있는 이야기에 나오는 여성 캐릭터를 예로 들어 볼게요. 펑크 록 아티스트인 그녀는 활발한 데다 남자 못지않게 드센 여대생입니다. 그런 그녀는 무릎에 구멍이 뚫린 데님 진을 입었고, 상의는 화려하게 번쩍이는 재킷을 걸쳤어요. 여름에는 빈티지 샌들을 신었는데, 나중에는 투박한 가죽 부츠를 신길 생각입니다. 목에는 검정 초커에 은으로 만든 해골을 두르거나 십자가나 나비 문양을 붙일지도 모르고요.

연재물에 등장하는 여대생 중에는 순박하고 세상 물정 하나 모르는 여성도 있어요. 바깥 활동과 독서를 좋아하는 농갓집 딸이지요. 그녀를 묘사할 때 복장은 완전히 달라져요. 밀짚모자를 씌우고 오버올을 입히는 거죠. 흙 묻은 스니커에 무채색 파카를 걸칠 수도 있고요.

만약 캐릭터에 어떤 옷을 입혀야 하는지 고민이라면 캐릭터의 개성을 명확히 하는 작업부터 먼저 시작합시다. 개성이 확실히 굳어지면 작자의 뇌리에 복장을 갖춘 등장인물의 영상이 자연스레 떠오를 테니까요.

여기서 한발 더 나아가 이미지에 변화를 주고 싶다면 인터넷이나 잡지 등을 참고하여 머릿속에서 옷을 갈아입혀 보는 것도 좋겠지요.

19 나와 다른 캐릭터는 잘 써지지 않아요.

A 쓰기 어려운 부류의 사람을 닥치는 대로 만나 보자.

이성이나 본인과 다른 세대의 캐릭터는 잘 안 써진다는 말을 자주 듣곤 하는데, '캐릭터 설정'을 확실히 해 두면 그럴 리가 없어요. 글쓴이가 캐릭터의 성격을 잘 알고 있어야 '캐릭터 설정'도 뚜렷해진답니다. 어떤 장면에서든 '이 캐릭터라면 반드시 이렇게 움직일 거야'라고 바로 그 인물의 행동까지 떠오를 테니까요. 캐릭터들이 글쓴이의 머릿속에서 '자유롭게 움직이는 것'과 같으니, 글쓴이는 그 광경을 그대로 옮겨 적기만 하면 되는 거죠.

그래도 못 쓰겠다면? 애초에 이성 혹은 본인과 다른 세대의 '캐릭터 설정'에 실패했다는 말이 됩니다.

그럼, 어떻게 할까요? 대답은 아주 간단합니다.

일상 생활에서 이성이나 나와 다른 세대의 사람들을 많이 만나 그들에 대해 알아 가는 것(취재하다)이 정답입니다. 한 명보다는 열 명이, 열 명보다는 백 명과 만나는 편이 글쓴이의 머릿속에서 끌어낼 재료의 수가 늘어나겠죠? 새삼스레 말할 필요도 없어요.

나와 다른 사람들이 평소 무슨 생각을 하고 특정 상황에서 어떤 행동을 하는가. 악수할 때 손으로 전해 오는 부드러운 감촉과 온기, 걷는 속도, 식사량, 다양한 표정, 호감을 불러일으키는 성격과 거슬리는 점 등 실제로 접하면서 하나하나 관찰하여 몸으로 이해하는 겁니다. 이런 노력을 기울인 작가와 그렇지 않은 작가는 인물 묘사의 리얼리티 면에서 완전히 차원이 달라요.

물론 소설, 만화, 드라마, 영화, 무대를 통해서도 인간을 이해하는 방법을 찾을 수 있어요. 여기서 캐릭터를 살릴 방도를 늘릴 수도 있고요. 그래도 역시 사람과 사람이 실제로 만나 부대껴 보는 쪽이 훨씬 얻는 게 많으리라 장담합니다.

$\mathscr{Q}$ 무대는 어떻게 선택하나요?

$\mathscr{A}$ 머릿속에서 상세히 영상화할 수 있느냐가 관건!

무대 선택부터 시작하고 싶은 경우에는, '이곳에 캐릭터를 놓아두면 무슨 일이 벌어질 것 같다'고 생각되는 무대를 선택하면 좋습니다.

예를 들어 이야기의 무대로 신주쿠(新宿) 가부키초(歌舞伎町)처럼 번화가를 골랐다고 칩시다. 그런데 그런 곳에 타이트한 옷차림의 캐릭터를 데려가면 경찰 소설, 범죄 소설이 되거나 술집 혹은 뒷골목 사람들이 주인공으로 나오는 어른들만의 세상 이야기가 탄생할 겁니다. 정공법이긴 합니다만.

아니면 번화가에 사는 수상한 사람들이 좋아할 법한 '두메산골에서 자란 순박한 소녀'를 주인공으로 발탁해도 됩니다. 그건 그것대로 또 다른 매력으로 다가올 거예요.

제복 차림의 경찰관을 무대에 올린다 해도 그 무대가 가부키초라면 누아르로 돌변하고 말 테고, 목가적인 외딴 섬 파출소로 바꾸면 훈훈하고도 아름다운 이야기를 기대해 볼 수 있겠죠. 물론 추리 소설이 되어 '범인은 이 작은 섬에 있다'로 전개할 수도 있고요.

누가 뭐래도 무대 선정은 펜을 잡은 사람의 자유라고 생각합니다. '이곳에 이 캐릭터를 두면 매력 넘치는 얘기가 펼쳐지겠지….' 하는 상상이 절로 솟구친다면 장소 선정으로는 딱이에요.

사실 무대에 관해서는 '선정 방식'보다 더 중요한 게 있어요. 그것은 바로 그 무대가 '마치 눈앞에 있는 것처럼 머릿속에 자세하게 떠오르는지의 여부'입니다.

작자의 뇌리에 무대가 완벽한 영상으로 보이고 그렇게 보이는 무대를 능숙하게 그릴 수만 있다면, 필시 독자의 머릿속에도 '마치 영화처럼' 풍경이 흘러나올 겁니다.

훌륭한 소설을 읽는다는 건 머릿속에서 저절로 '영화'가 흘러나오는 착각이 이는 것으로 생각하는데, 당신은 어떤가요?

무대가 뚜렷이 '보인다'면 캐릭터의 움직임도 자연스러워져요.

예를 들어 코발트블루 빛깔로 물든 해안가, 화창한 초여름 하늘, 상쾌한 바닷바람, 눈부신 백사장. 그런 해변에 펜을 든 당신이 하늘에서 떨어진다면 탁하고 숨이 멎을 거예요. 그렇죠? 당연히 캐릭터도 심호흡이 필요하고요. 그러면 캐릭터의 움직임에 리얼리티가 생겨서 독자도 '공감'하게 되어 이야기에 빠져들게 되지요.

매력적인 이야기는 이렇게 만들어집니다.

남은 문제는 '마치 눈앞에 있는 것처럼 보이는' 무대를 만들기 위해 어떻게 해야 하는가일 텐데요, 여기에는 몇 가지 팁이 있어요.

가장 간단한 요령은 자신이 잘 아는 장소를 무대로 삼는 것입니다. 본인이 나고 자란 고장도 좋고 자주 놀러 갔던 곳도 좋아요.

그런데 잘 아는 장소라 해도 자신이 그리고 싶은 세계관을 담기에는 부족한 예도 있겠지요? 그럴 때는 본인이 알고 있는 장소 몇 군데를 뒤섞는 겁니다.

대충 이런 느낌인데요. 예전에 가족과 함께 해수욕하러 갔던 바닷가에 시골 할머니 집과 그 주변의 논밭을 겹치는 겁니다. 그 무대에 평소 즐겨 찾는 카페를 두고 그 앞에는 어릴 적 다녔던 중학교도 옮겨 놓고요.

이런 방식은 톡톡 튀는 설정에도 통합니다.

예를 들어 언젠가 다큐멘터리에서 본 달의 뒷면에 SF 영화에서 본 적이 있는 거대한 동굴을 갖다 붙이는 거죠. 그러고서 만화에서 본 땅속 세계와 수족관 세계를 짜 넣어서 달의 지표 아래에 흐르는 '땅속 바다'를 무대로 만들어도 꽤 쓸 만해요.

상상의 무대에 어떤 캐릭터를 데리고 갈 것인가.

무대와 캐릭터가 만남으로써 비로소 당신의 이야기는 시작됩니다.

여담으로 내 이야기를 하면 나는 평소 소설 속 무대가

되는 길거리를 '손으로 쓴 지형도'로 만들어 놓아요. 그 무대가 집이라면 방의 배치를 그려 두고요. 그렇게 하면 무대를 이미지로 떠올리기 수월하고 도중에 까먹을 일도 없으니까 글쓰기에 매진할 수 있답니다.

기억력에 자신이 없는 내 경험담이니, 한 번 믿고 따라 해 보시길.^^

21 매번 같은 시대만 쓰게 돼요. 가끔은 시대 배경을 바꿔 보고 싶은데, 따로 팁이 없을까요?

A 부단히 노력하는 수밖에 달리 방도가 없다.

무대 설정이나 시대 배경을 못 바꾸는 이유는, 자신에게 친숙한 설정만 글로 쓸 수 있거나 그도 아니면 그 무대나 배경이 아니고서는 글을 쓸 수 없거나 둘 중 하나입니다. 지식 부족(=흥미 없음)이 원인이 아닐까 싶은데 당신 생각은요?

해결법은 쓰고 싶은 이야기의 무대나 시대에 대해 맹렬한 기세로 공부하는 것밖에 없다고 생각합니다.

여기서 잠시 예전에 내가 어느 작품을 집필했을 때 애

기를 꺼내야겠군요. 그것은 바로 『라이아의 기도(ライアの祈り)』인데요, 불가사의한 링크를 매개로 선사시대인 조몬(繩文)시대와 현대의 러브스토리를 펼쳤습니다.

당시 나는 조몬시대를 연구하는 학자나 토기 수집가를 찾아 배움을 청하기도 하고 유적 발굴을 체험하기도 했어요. 유적지나 자료관을 방문하거나 취재차 조몬시대와 비슷한 일만 년 전 생활문화가 고스란히 남아 있다는 파푸아뉴기니의 산악 민족 마을에 들어가기도 했고요. 다른 부족의 머리를 베어 오는 풍습을 지녔다는 사람들이 사는 곳에 말이죠. 연구자에게 필독서를 추천받아 관련 자료를 두루 섭렵하는 것 또한 잊지 않았어요.

솔직히 시간과 품이 많이 드는 일이었습니다. 하지만 그렇게 했더니 내 머릿속에서 조몬시대 사람들이 살아 움직이듯 마구마구 튀어나왔어요. 옛날 같았으면 절대로 쓸 수 없었을 시대를 이야기로 묶을 수 있게 된 거죠.

그때 생긴 조몬시대에 관한 지식으로 조몬문화를 좋아하게 되어서 지금도 당시에 관한 전람회가 열린다는 소리만 들리면 신이 나서 달려간답니다.

흥미롭게도 인간은 본인이 잘 알고 있는 것을 좋아하기 쉬워요. 그래서 난 소설을 쓴다는 핑계로 이런저런 일을 취재하곤 합니다. 그렇게 점점 지식을 쌓아가며 '잘 알고 있는 것 = 좋아하는 것'의 수를 늘리는 방편으로 삼죠.

자기의 삶 속에서 좋아하는 것이 는다는 건 참으로 행복한 일이지 않나요? 덤으로 양질의 소설을 쓰기 위한 취재의 기회도 얻을 수 있고 말이죠. 그러니 지식욕과 호기심에 관한 한 그 누구에게도 양보하지 마세요.

COLUMN 2 처음부터 소설가를 꿈꾸지 않아도….

대학생 시절 나는 잡지를 편집하는 아르바이트를 했고, 대학을 졸업한 후에는 출판사에 들어가 편집자가 되었습니다. 당시 나는 '이야기를 잘 쓰지는 못해도 적어도 글 쓰는 일에 관련된 일은 하고 싶다'고 되뇌는 소심한 사람이었죠.

하지만 편집자가 되어 막상 동경하던 소설가나 프리 라이터와 함께 일을 해 보니, '어? 이 정도의 원고라면 나도 쓸 수 있겠는데….' 하는 생각이 스멀스멀 피어오르기 시작했어요. 다소 거만하게 들릴 수도 있지만, 당시 그런 생각을 한 건 사실입니다. 고심 끝에 난 리스크를 짊어질 각오로 출판사를 그만두고 프리 라이터가 되었습니다.

프리 라이터가 되자 이런저런 출판사의 다양한 편집부와 일하게 되어 모든 장르의 '잡지에 소개할 가치가 있는 사람'과 실제로 만나 취재하는 날들이 이어졌어요.

배우, 가수, 정치가, 레이서, 의사, 경영자, 화가, 농부, 게임크리에이터, 스포츠선수, 영화감독, 프로듀서, 연예인, 음악가, 아나운서, 전통공예가, 요리사, 바리스타, 소설가 등등 이루 헤아릴 수도 없이 많은 사람의 이야기를 들을 수 있게 된 거죠.

그들이 풀어놓은 이야기도 다종다양해서 사람들의 인생관은 물론 가치관이나 감정의 흐름, 성장 과정, 성공과 행복에 관한 나름의 생각… 등 그 안에 온갖 것들이 다 들어 있었어요. 정말 최고의 사람들로부터 여러 삶의 방식을 무진장 배운 셈이죠.

그렇게 소설가가 된 지금 나는 당시 배움의 축적이 그대로 '지식과 경험의 인출처'가 되어 작품을 쓰는 데 직접 도움을 받고 있습니다.

앞으로 소설가가 되고자 하는 사람이나 자신이 쓸 소설의 레벨업을 도모하려는 사람은 먼저 프리 라이터가 되어 보는 것도 방법의 하나라고 생각합니다. 최근 들어 부업이 가능한 회사가 늘어났고 네트워크상에서 일거리를 찾을 기회도 많아졌잖아요.

일단 '문필가'임을 알리는 명함부터 파는 겁니다. 그러고는 아주 간단한 일도 좋으니 '프로의 자격으로 취재를 하고 마감일에 맞추어 문장을 써서 돈을 받는' 경험을 쌓아 갑니다.

당신이 프로의 세계에서 부대끼는 사이 '글쓰기와 전달하는 기술력'은 초스피드로 향상될 테니까요. 또 소설가로 살아남기에 필요한 '지식과 경험의 인출처'도 축적될 겁니다. 한발 더 나아가 편집자와 알고 지낼 기회가 생기고, 교정지에 붉은 글자를 적어 넣을 때 필요한 '교정 부호'도 절로 익히겠죠. 그러는 사이 편집자로부터 신뢰를 얻어서 잡지에 연재물을 올릴 수 있게 되고, 그것이 한 권의 책으로 나오는 날이 올지도 모르죠. (실제로 나는 위의 과정을 밟아 논픽션 상을 받고 소설가로 데뷔할 기회를 얻었습니다.)

마치 일석삼조(一石三鳥)가 아니라 돌멩이 하나로 새 여럿 잡는 격입니다. 일석다조(一石多鳥)라고나 할까요?

물론 어느 날 갑자기 본업을 그만두고 프리 라이터가 된다…는 식으로 (나처럼) 무모한 짓은 벌이지 말았으면 합니다. 일단 부업으로 할 수 있는 범위 내에서 시작해 보는 겁니다. 그러다가 차차 글쓰기에 익숙해지면 가능한 한 그 일을 늘려 가는 방식이 더 좋을 것 같아요. 요즘 같은 시대에 끼니라도 거르게 되면 그야말로 큰일이잖아요!

STEP 3

플롯을 만들다

$\mathcal{22}$ 플롯 만드는 법을 모릅니다.

$\mathcal{A}$ 처음 3행으로 OK, 이어서 서서히 살을 붙이도록!

재미있는 이야기의 기본은 '주인공의 성장 이야기'입니다. 일단 아래의 세 가지만 써 보기로 합시다.

① 이런 주인공이
② 이런 문제를 극복하여
③ 이런 사람으로 성장하다

위에서 '이런' 부분을 자신의 말로 바꿔 주세요.

이해를 돕고자 『귀멸의 칼날(鬼滅の刃)』을 모티브로 써 보면 아래와 같습니다.

① 마음씨 좋고 정의감 넘치는 숯 파는 주인공이

② 도깨비가 된 누이동생을 인간으로 되돌리기 위해 '도깨비를 쳐부순다'는 어려움을 딛고 일어나

③ 한층 더 믿음직한 청년으로 성장한다

대충 이런 느낌으로요. 이렇게 시작할 수만 있다면 그 다음은 생각나는 대로 ①②③ 순서로 '구체적인 살붙이기'를 하여 점점 플롯을 늘려 갑니다. 중요한 것은 될 수 있는 대로 이야기 사이사이에 '신'을 넣는 것입니다.

예를 들어 '주인공은 마음씨가 좋은 소년이다'라고 쓰고 싶으면 그 주인공이 '마음씨 좋은 행동을 하는 장면'을 넣는 거죠. 가족에게 살갑게 대하는 장면도 좋고 자기를 희생하면서까지 동료를 구하는 장면도 좋아요. 그런 신을 넣으면 주인공의 좋은 점이 두드러져 보이겠죠?

사실 내가 플롯을 만들 때는 ①②③의 '순서'에 구애받지 않아요. 그때그때 머릿속에 떠오르는 장면부터 바로바로 써 나갑니다. 그러는 사이 플롯은 조금씩 길어지고 최종적으로 원고지 100매를 넘는 분량에 이르지요. 여기까지 쓰면 이야기는 거의 다 쓴 거나 마찬가지랍니다. 플롯

의 완성을 보는 거죠.

그다음 할 일은 완성한 플롯의 첫머리부터 그동안 갈고 닦은 매끄러운 표현으로 정성껏 문장에 살을 붙여 가다가 정식 원고에 그것을 사용하는 것입니다.

요컨대 플롯을 짜려고 시작한 문장이 차차 정식 원고 쪽으로 옮아가는 셈이죠. 원고가 앞으로 나아가면 갈수록 플롯은 점차 사라지고 마지막 한 글자를 적을 즈음에는 제로가 되는 방식입니다.

이런 수법을 쓰는 사람은 소설가 중 내가 유일할지도 모릅니다. 당신만 괜찮다면 슬쩍 가져다 써도 모른 척할 게요.^^*

$\mathcal{23}$ 플롯을 잘 짜 놓아도 매번 정식 원고를 쓰는 도중에 레일에서 벗어나고 말아요.

$\mathcal{A}$ '탈선'은 캐릭터가 생생히 살아 숨 쉰다는 증거!

나도 플롯을 쓸 때는 상당히 길고 꼼꼼하게 적습니다. 장편의 경우는 원고지로 100매를 훌쩍 넘을 때도 있어요. 왜 이렇게 길어지냐 하면 플롯을 설정하는 단계에 수많은 복선과 링크를 걸어 두기 때문입니다. 나 스스로 바보가 아닌가 싶을 정도로 말이죠. (복선을 까는 방법은 Q 31에서 자세히 설명하겠습니다.) 장편 하나당 못해도 20~30개의 복선을 걸어 두니까 플롯이 치밀하지 않으면 그렇게 복잡한 이야기의 구조를 본인도 파악하지 못하겠지요.

나한테 이런 작업은 놀이에 속하므로 (머리를 쥐어짜면서)

마음껏 즐기고는 있지만, 내심 플롯이 좀 더 짧아져야 한다고 생각하고 있어요.

그런데 이렇게 어렵사리 플롯을 짜 놓고도 막상 정식 원고 작성에 들어가서는 본궤도에서 이탈하려는 마음이 생겨요.

탈선도 나쁘진 않습니다. 정해진 레일에서 벗어난다는 건 등장하는 캐릭터들이 기운이 넘쳐흘러서 이야기가 한층 재밌게 전개되는 경우가 대부분이니까요.

작자의 역할은 팔팔하게 돌아다니는 그들을 꽁꽁 묶어 두기보다는 오히려 자유롭게 유영하도록 내버려 두는 것으로 족하다고 생각합니다. 다소 플롯에서 벗어나더라도 내버려 둡시다. 바로잡는답시고 작자가 무리하게 교정하여 캐릭터들의 움직임이 부자연스럽게 되는 것보다는 탈선이 나아요. 그러는 편이 펜 놀림이 빨라지고 극 전개 또한 힘을 받거든요. 독자를 끌어당기는 장면은 이렇게 나오는 겁니다.

캐릭터 설정만 확실하다면 자유롭게 헤엄치던 그들이 어느새 플롯의 본선에 합류하기도 하고요. 그렇다면 분명한 캐릭터 설정이 관건이겠죠?

그러고 보니 플롯 같은 건 일절 만들지 않는다고 말한 사람이 있었어요. 점심을 같이 먹는 사이였는데, 아동문학 작가랍니다.

그가 내게 이런 말을 했어요. 정식 원고 작성을 앞둔 시점에서는 주인공의 나이, 성별, 대강의 성격, 이야기의 무대 설정 등 네 가지만 정하면 된다고요.

이어서 말하길, 머릿속에서 주인공을 무대에 올려놓고 그(그녀)의 움직임을 쫓아가며 문장을 만드는 것만으로 족하다는 겁니다.

늘 치밀하게 플롯을 짜는 나로서는 이렇게 되묻지 않을 수 없었답니다.

"이야기에서 빠뜨린 데가 있으면 어떻게 해요?"

그러자 그 작가는 고개를 갸웃거리더니 이런 답을 내놓지 뭐예요.

"이 정도면 되지 않나 싶은 곳에서 딱 멈추면 됩니다."

'아니, 이럴 수가!' 나와 달라도 너무 달라서 적잖이 놀랐습니다.

하지만 그런 글쓰기 방식은 스트레스가 적으니 그것대로 즐겁겠지요?

내친김에 술친구인 추리 소설 작가도 소개할까 합니다.

그가 말하더군요. "추리 소설을 쓸 때 중요한 '수수께끼 풀이 부분'은 공들여 플롯을 적어 두지만, 그 이외의 곳은 대충 써도 상관없다고 생각해."

당신은 어떻습니까?

글쓴이에 따라 플롯의 설정 방식과 구성 방식이 천차만별인 셈인데, 결국 본인한테 최적의 방법을 찾아내는 게 제일 나은 방법이 아닐까요?

24 한 권의 책 속에 장면의 횟수를 정해야만 합니까?

A 미리 정하지 않아도 OK!

장면의 횟수는 따로 정하지 않지만, 개별 신이 이어지도록 플롯을 구성하는 것이 정답이라고 생각합니다.

나는 먼저 전체를 조감하면서 대충의 줄거리를 적어 두고, (구체적인 방법은 Q 22 참조) 그 흐름 속에서 반드시 써넣어야 하는 필요한 신을 하나하나 끼워 넣습니다.

예를 들어 대략 잡아 놓은 줄거리 속에 이런 장면을 삽입해 둡니다. "주인공인 다쿠야(拓弥)의 자택에서. 다쿠야는 친구인 노부히코(信彦)와 말다툼하다가 다쿠야의 연인인 마유(眞由)가 말려서 몸싸움으로 번지기 직전에 끝난다."

는 장면을 말이죠. 그다음에 "다쿠야와 마유는 오토바이를 타고 인근 해변을 향한다. 어색한 분위기로 해안가를 거닌다. 거기서 처음 다쿠야는 마유에게 그동안 숨겨 왔던 노부히코의 사정을 듣게 된다."는 신을 덧붙여요.

이런 식으로 장면을 끼워 넣으면 플롯이 충실해지고 정식으로 원고를 쓸 때도 훨씬 편해요. 점차 '신'이 쌓여 가니 이야기에서 줄줄 설명이 길어지는 것도 방지하고요.

실은 이 부분이 가장 중요합니다. 소설 작성법을 잘 모르는 사람일수록 자신도 모르게 이야기의 '설명'을 장황하게 늘어놓기 십상이거든요. (구체적인 문장 예시는 Q 36이나 Q 40을 참조하세요.)

여기서 어느 극작가의 얘기를 덧붙여 볼게요. 일본 아카데미상을 받은 바 있는 그는 큼지막한 포스트잇에 본인이 쓰고 싶은 장면을 생각나는 대로 하나하나 적어 둔대요. 그랬다가 그것을 책상 위에 덕지덕지 붙이면서 순서대로 늘어놓는다는군요.

포스트잇의 순서를 이리저리 바꿔 보기도 하고 폐기처분도 하면서 시행착오를 거쳐 최종 단계에 이른답니다.

가장 감동을 불러일으키는 '포스트잇(신)의 나열'을 완성해 가는 거죠. 그러고는 그것을 플롯으로 삼고요.

이 수법은 대단히 효율적으로 보이니, 언젠가 나도 한번 시도해 볼 생각입니다.

25 '저절로 다음 장을 펼치고 싶은 이야기'를 만들고
싶어요. 플롯을 설정하는 데 주의할 점이 있나요?

A 캐릭터와 독자에게 '암시'를 불어넣도록!

'저절로 다음 장을 펼치고 싶은 이야기'가 뭐냐고 묻는
다면, 망설임 없이 캐릭터와 독자가 마지막 장면까지 쭉
따라갈 수 있는 이야기라고 말하겠습니다. 그러려면 이야
기 속에 작자가 걸어 둔 '암시'가 있어야 할 테고, 독자는
그 수수께끼를 풀기 위해 자신도 모르는 사이에 페이지를
넘기게 되는 거죠.

진짜로 암시만 있으면 책장을 앞으로 넘기고 싶어질까?
이런 의심이 드는 사람은 요즘 TV 프로그램의 '편성'을

한번 훑어보세요.

잘 알다시피 퀴즈 프로그램은 문제만 내놓고 정답을 알려 주지 않은 채 바로 광고로 넘어가잖아요. 그것도 누군가가 대답한 후에 출연자들이 폭소하는 장면만 내보내고서 말이죠. 드라마도 그래요. 가장 기대하던 장면인가 싶으면 느닷없이 광고로 넘어가거나 '다음 주에 이어서'가 튀어나오죠.

그럴 때 당신 기분은 어떤가요? 분명코 아주 많이 답답할 겁니다. 어째서 그런 감정이 드냐 하면 '이어지는 다음 얘기가 알고 싶다'는 욕구가 샘솟기 때문입니다. 인간이라는 존재는 누군가 일방적으로 건 '암시'에 대한 '답'을 모른 채 있으면 주체하기 힘든 욕구 불만 상태에 빠지기 마련이거든요.

무슨 소리냐 하면 '저절로 다음 장을 펼치고 싶은 이야기' 또한 작자가 '수수께끼'를 내는 작업을 통해 독자를 답답하게 하는 이야기라는 말입니다.

나는 이야기 속에 '수수께끼'를 장치하는 데 있어, 다음 세 가지를 중요하게 생각합니다.

① 어느 타이밍에 어떻게 어떤 '수수께끼'를 독자에게 제시할 것인가?

② 그 '수수께끼'를 어느 타이밍에 어떻게 풀 것인가?

③ 해명되었다고 생각한 '수수께끼'의 답에서 또 다른 '수수께끼'가 생기도록 만드는 방법은 무엇인가?

이 세 가지 사항을 유념하면서 플롯을 짠다고 말할 수 있습니다.

부언하면, 하나의 이야기 속에 '수수께끼' 여럿을 동시 병렬적으로 두면 이야기에 깊이가 더해져 한층 재밌어집니다. 단, 독자를 혼란에 빠뜨릴 정도로 '수수께끼투성이'를 만들어 버리면 안 돼요. 독자가 도중에 읽기를 포기할 수도 있거든요.

'수수께끼'는 독자의 애를 태워서 이야기를 원하는 방향으로 끌어당기는 장치라 할 수 있습니다. 그것은 이야기에 따라 종류가 다양하므로 몇 가지 예를 들어 볼게요.

• 캐릭터들의 감춰진 과거나 출생의 비밀은?

- 다른 세계의 존재가 등장한다면 그 세계만의 불가사의한 특색은?
- 살아 숨쉬기 시작한 이야기는 앞으로 어떻게 전개될 것인가?
- 돌출 행동을 보이는 캐릭터의 본심은?
- 어느 날 갑자기 배달된 발신인 불명의 편지와 그 메시지의 의미는?
- 주인공의 목적한 바는 최종적으로 달성되는가?
- 삼각관계의 중심에 서 있는 여성이 최종적으로 선택하는 남성은?
- 거짓말쟁이 캐릭터는 결국 들통나고 마는가?
- 상대가 넌지시 흘린 필살기는 어떤 기술?
- 절체절명 위기의 순간 눈앞에 나타난 캐릭터는 누구?

독자의 궁금증을 유발하는 암시를 열거하면 끝이 없어요. 아무튼 이렇게 '수수께끼'를 잇달아 독자에게 내놓고 캐릭터들에게 '수수께끼'를 쫓도록 만드는 거죠. 그러고는 문제가 풀렸다고 생각하는 순간, 또 다른 '수수께끼'가 펼쳐지는…, 그 방식이 반복되도록 플롯을 짜는 겁니다.

독자가 싫증을 내지 않는 엔터테인먼트 작품은 이렇게 만들어집니다. 물론 순문학이라는 타이틀이 붙은 작품처럼 오롯이 주인공의 심정 동요에 초점을 맞춰 옷감 짜듯 그들의 내면을 한 올 한 올 직조하는 방식도 있어요. 하지만 그럴 때라도 '수수께끼' 몇 가지만 투입하면 이야기는 한층 재밌어질 테니 한번 시험해 보세요.

$\mathcal{26}$ 주인공이 어떤 행동을 하면 소설이 재밌어지나요?

$\mathcal{A}$ 주인공이 '시련'을 겪도록!

주인공을 어느 캐릭터에서 어느 캐릭터로 '성장'시킬 것인가 하는 문제가 가장 중요합니다.

성장의 경로가 정해지면 바로 '사건' 혹은 '시련'을 준비하세요. 그러고서 주인공이 그 '시련'을 겪게 하는 겁니다. 주인공이 '시련'을 극복하면서 조금씩 성숙해지도록 말이죠. 그런 모습이 소설이 되는 거랍니다.

『드래곤볼(ドラゴンボール)』을 예로 들면 주인공인 손오공이 '강해지다'는 곧 '성장'을 뜻하잖아요. 그러니까 오공이 '강해지기' 위한 '시련'을 겪게 할 필요가 있어요.

이때 '시련'이란 강적의 출현을 말합니다. 오공이 적을 무찌르기 위해 수행을 거듭한 끝에 마침내 강력한 적을 뛰어넘어 '성장'하는 셈이죠.

여기서 핵심은 주인공의 성장을 위해 마련한 '시련'의 강도입니다.

독자가 생각하기에 '이런 난관을 뚫고 나가기란 도저히….'라고 여길 만한 고된 '시련'을 부과하면 독자는 바로 다음 장면이 궁금해져서 저절로 책장을 넘기고 싶어지는 것이죠.

오공의 적이 점점 '타의 추종을 불허하는 강적'이 되어가는 건 그래서예요. 아무리 대단한 손오공이라도 해도 그런 강력한 적을 무슨 재간으로 이기겠어요? 이 정도 레벨의 강적이 나타나야 비로소 독자의 관심을 끌 수 있답니다.

대적할 상대가 없는 경우에는 '사면초가'식의 '시련'을 준비할 때도 있어요.

주인공이 이런 고립 상태를 어떻게 빠져나갈 수 있지? 누군가 도와주는 건가? 혹은 이대로…, 하는 식으로 독자

의 머릿속을 막 헤집어 놓을 수만 있다면 글쓴이의 승리
라고 할 수 있지요. 재빨리 페이지를 넘기는 독자의 손이
멈출 수 없게 되는 거죠.

27 늘 이야기가 짧게 끝나곤 하는데, 어떤 요소를 덧붙
이면 장편이 될 수 있을까요?

A 이야기 자체의 '구상 규모'를 키운다

이 질문에 대한 대답은 '원론적인 이야기'가 될 수밖에
없어요. 무슨 소리냐 하면 '이야기를 길게 가져가기 위해
다른 요소를 덧붙인다'는 발상 자체가 잘못되었다는 말입
니다.

본래 '이야기'란 길이가 저절로 길어지게 '되는' 것이지,
일부러 길게 '만드는' 것이 아닙니다. 달리 말하면 짧아지
게 '되는' 것이지, 짧게 '만드는' 것은 아니라는 거죠.

실제로 소설가로 일하다 보면 "너무 두꺼운 책이나 상
하권으로 나뉜 서적은 잘 팔리지 않으니, 한 권으로 끝내

주세요."라는 요청이 자주 들어와요. 하지만 여기서 그 애기는 접어 두겠습니다.

자신이 쓰고자 하는 이야기가 짧은 이유는 애초부터 이야기의 규모가 작은 게 원인이지 아닐까 싶습니다. '스케일'이 장대한 이야기는 여기저기 아무리 깎아 내도 장편에서 벗어나지 못하거든요.

예를 들어 테마를 '편의점 디저트'로 잡았다고 칩시다. '편의점에 새로 들어온 디저트를 사 먹으면 소소한 행복감에 젖어 든다는 이야기'를 쓴다고 하면 소설의 길이는 당연히 짧아지겠지요? 이야기의 스케일이 작으니까요. 여기서 기나긴 장편을 상상하긴 어렵겠지요?^^

그럼 이번에는 '편의점 디저트'라는 주제는 그대로 두고서, 아래와 같이 스케일이 큰 이야기를 구상하면 어떻게 될까요?

가난한 집안에 태어난 주인공(남자)은 어릴 적 부모가 행방불명이 되는 바람에 조부모의 슬하에서 자라게 된다.

마음씨 좋은 노부부가 손자를 거두어 준 것이다.

하지만 외가 또한 가난하고 그 자신 고아나 매한가지인 탓에 초등학교와 중학교를 거치는 내내 아이들로부터 괴롭힘을 당한다.

학급에서 주인공을 돕고자 나선 이는 오직 반장인 여자 아이뿐! 주인공은 나날이 거듭되는 괴롭힘에 시달리는 와중에도 단 음식을 좋아하시는 조부모님께 기쁨을 주고자 파티시에가 되기로 마음먹는다. 중학교 2학년 때 그 결심이 선 날부터 주인공은 각고의 노력을 기울인다.

그러던 어느 날 예고도 없이 찾아온 불운과 라이벌의 모략에 빠져 전문학교에서 쫓겨나는 신세가 된다. 결국 파티시에가 되려던 꿈을 접고 만다. 그렇게 아르바이트생이 된 주인공은 인생 최대의 좌절을 맛보며 쓰디쓴 고비를 넘기고 있는데, 그때 그녀와 우연히 재회한다. 그녀는 일찍이 학급 아이들로부터 괴롭힘을 당하던 자신에게 도움의 손길을 내민 단 한 사람! 바로 반장이었다.

그녀가 그 누구보다 단 음식을 좋아한다는 사실을 알고 있는 주인공은 외롭고 반가운 마음에 서서히 그녀와 가까워진다. 그러다 뜻밖의 일로 그녀의 가슴속 깊은 곳에 도사리고 있는 슬픔을 알게 된다.

은혜를 갚는다는 심정으로 슬픔에 빠진 그녀를 어떻게든 구해 보려 애쓰지만, 아르바이트생으로 아무 힘도 없는 주인공은 자신이 그녀에게 전혀 도움도 안 된다는 생각에 괴로워한다.

무기력하게 하루하루를 보내는 와중에 전문학교 시절에 유독 주인공을 챙겨 주던 선생님과 재회한다. 이를 계기로 주인공은 편의점 회사에 취직하여 새로 편성된 디저트 개발팀에 들어간다.

'마침내 정식으로 디저트를 만드는 곳에서 자리를 잡은 나….' 파티시에가 되고자 끊임없이 노력했던 지난날들은 오늘을 위한 것이었다고 주인공은 확신한다.

그래서 그는 편의점 신상품 개발을 위해 매일같이 고군분투하지만, 경쟁사가 중요한 레시피를 빼돌리는 등 교란 작전을 펼치고 해서 자꾸 궁지로 내몰린다. 게다가 주인공을 손수 키워 주신 할아버지와 할머니까지 연이어 병으로 세상을 떠나 버리신다. 실의에 찬 나날을 보내고 있는 주인공 앞에 예의 그녀가 나타나 그의 마음을 다잡아 일으켜 세워 준다.

그 순간 주인공은 자신이 그녀를 이성으로 느끼고 있음을 깨닫는다. 그래서 다시 한번 그녀를 깊은 슬픔의 늪으로부터 끌어내겠다고 다짐한다. 죽을힘을 다해 노력한 결과 비열한 경쟁사와의 싸움에서 정정당당하게 승리를 거두고 히트 상품을 세상에 내놓는다. 그의 성공이 곧 그녀를 구원하는 길이었다.

주인공은 그 자신에게 큰 성공을 안겨 준 디저트를 들고 조부모님의 산소를 찾는다. 그때 주인공 옆에 손을 잡고 동행한 사람은 다름 아닌 학창 시절 같은 반 학생이었던 반장이었고, 그날이 조부모님께 정식으로 두 사람의 결혼을 알리는 날이었다. 끝.

이상은 생각나는 대로 얼추 써 본 플롯입니다. 이 정도의 스케일을 짧게 쓸 수 있는 사람은 없겠죠?

요소를 덧붙여서 길게 늘어뜨리기는커녕 어떻게 해야 짧게 줄일 수 있는지 심각하게 고민하지 않으면 한 권으로 정리가 안 될 겁니다.^^

이제 내 말을 이해하겠지요?

장편을 쓰고 싶다면 그에 걸맞게 '스케일'이 큰 이야기를 구상합시다. 다양한 캐릭터들의 배경을 글로 다 풀지 않으면 이야기가 성립하지 않을 것 같은 기다란 스케일 말입니다. 물론 단편은 그 반대로 하면 OK입니다.

$\mathscr{28}$ 어떤 '사건을 일으키는' 작업이 서툴러요. 모순 없는
글쓰기 비결을 알려 주세요.

$\mathscr{A}$ 캐릭터가 '확고한 목적'을 갖도록!

어떤 사건이 벌어지도록 만드는 일은 아주 간단합니다.
사건 발생을 위해서라도 캐릭터들을 한층 치밀하게 만들
고 그들의 성격을 분명하게 이해합시다. (캐릭터의 설정 방식
은 Q 13에서 자세히 설명했습니다.)

글쓰기에 앞서 캐릭터들이 '인생의 확고한 목적'을 갖
도록 구상합니다. 『원피스』로 치면 루피가 '나는 해적왕
이 될 테야!' 하고 결심하는 장면이겠죠.

다음으로 그렇게 만든 복수의 캐릭터를 가공의 부대로

옮겨서 '서로 만나게 하는' 겁니다. 각기 다른 목적을 가진 사람과 사람이 만나면 저마다의 생각에 따라 각자 움직이기 시작하겠지요. 크고 작은 사건 사고도 벌어질 테고요. 요컨대 작자가 '일을 벌이는' 것이 아니라 캐릭터들이 제멋대로 '사건을 일으키는' 거죠.

어떤 사건이 벌어지면 작자는 캐릭터들의 움직임을 주의 깊게 살펴야 합니다.

앞으로 어떤 이야기가 펼쳐질까? 그들이 무슨 생각을 하고 어떤 표정을 짓고 어떻게 행동할까? 일거수일투족 잠시도 눈을 떼지 마세요. 정밀하게 만든 캐릭터들이 작자의 의도와 상관없이 각자의 성격대로 움직일 테니까요.

이해를 돕고자 옛날이야기인 『우라시마 타로(浦島太郎)』로 넘어갈게요.

매사에 진실하고 의리가 있는 거북이 우미가메(ウミガメ)를 천진하면서도 잔혹한 아이들과 함께 바닷가로 데려갔다고 칩시다. 심심풀이로 해변을 찾은 아이들은 당연히 거북이를 괴롭히겠죠?

그곳에 정의감 넘치고 배려심 많은 우라시마 타로가 나

타나면 어떻게 될까요? 여러분이 잘 알다시피 우라시마 타로는 우미가메를 돕잖아요. 성품 좋은 우미가메도 은혜를 갚는다며 우라시마 타로를 용궁으로 데려가고요.

이런 식으로 캐릭터가 확실한 우미가메와 아이들 그리고 우라시마 타로를 만나게 하면 그들은 앞서 설정한 성격대로 행동을 개시할 겁니다. 그런 그들의 모습을 관찰하여 문장으로 옮기면 모순이나 위화감이 전혀 들지 않는 이야기가 직조됩니다.

그럼, 이번에는 만약 캐릭터에 이런 설정을 하면 어찌될까요?

'우라시마 타로에게 굶어 죽기 직전에 놓인 사랑하는 부인이 있다. 타로는 그런 아내를 살리기 위해 그녀에게 뭐라도 먹여야 한다.'

분명 우라시마 타로는 거북이를 괴롭히는 아이들의 손에서 우미가메를 빼앗아 그 즉시 요리해서 아내에게 먹일 거예요.

캐릭터한테 '확고한 목적'만 있으면 이야기는 다소 억지스러울지 몰라도 저절로 흘러갑니다. 모순되는 일도 없고요.

이후 우미가메를 먹어 건강을 되찾은 부인은 '타로와 함께 평생 행복하게 살고 싶다'는 확고한 목적을 이루고자 움직이기 시작합니다. 그런데 한편에서 우미가메의 친구 오토히메(乙姬)가 용궁에서 우미가메의 사망 소식을 접하고는 격노하여 복수를 기도합니다. 졸지에 우미가메를 빼앗긴 아이들도 타로에게 증오심을 품은 상태에서 말이에요.

자, 그다음에 어떤 일이 벌어질지 상상해 보세요.

캐릭터 각각의 행동을 유심히 살피면서 그 행동을 문장으로 옮겨 가면 재밌는 소설이 될 것 같지 않나요?

29 생각이나 정보가 머릿속에 뒤엉켜서 정리가 잘 안
돼요.

A 이미지를 '대→소'가 되도록 항목별로 쓴다.

잡다한 정보가 머릿속에 흩어져 있을 때는 글로 써서 정
리합시다. 글을 쓴다고 해도 소설 쓰기를 의미하는 것은
아닙니다. 앞으로 쓰고자 하는(= 아웃풋하려는) 소설의 이미
지를 조목조목 쓰는 겁니다. 그 작업은 큰 이미지부터 시
작해 서서히 작은 쪽으로 쓰는 게 요령입니다.

이해를 돕고자 예를 들어 볼게요.

먼저 처음에는 어림잡아 대충 써도 됩니다. '어떤 작품
을 쓰고 싶은가' 하는 큰 이미지를 말로 쓰는 거죠.

'독자를 설레게 하는 작품을 쓰겠다!' 정도면 OK입니다.

다음에는 위에 쓴 문장보다 더 작고 구체적으로 씁니다. '시간여행으로 한다'는 식으로 말이죠.

이어서 더욱 구체화합니다.

'시대 배경은 에도막부(江戸幕府) 말기와 현대로 잡고 시대를 초월한 연애 요소를 넣는다' 정도면 되겠죠.

그다음에는 여기서 한발 더 나아가 메인 무대와 주요 캐릭터 설정 등 점차 작은 항목으로 좁혀 갑니다.

이렇게 큰 이미지에서 서서히 작고 구체적인 이미지로 내려가면 얽히고설킨 생각의 군더더기는 깎여 나가고 아웃풋할 내용만 남아 깔끔히 정리됩니다.

그래도 잘 안 되면 집필과 전혀 상관없는 일을 해서 일단 머릿속을 완전히 비우는 게 어떨까 싶네요. 명상, 산책, 근육 운동 등 내가 자주 쓰는 방법인데, 확실히 효과적이에요.

30 설정·대립·해결의 3막 구성을 사용하나요?

A 굳이 의식하지 않는다.

이야기의 흐름을 '설정→대립→해결'로 보는 것을 '3막 구성'이라 합니다.

세 개의 막을 설명하자면 대충 이런 느낌인데요.

① '설정'=이야기의 무대와 주인공의 목적이 제시된다.
② '대립'=주인공이 장애와 대립한다.
③ '해결'=목적의 달성 혹은 미달성이라는 결과가 제시된다.

솔직히 이런 방식에 기초해서 이야기를 짜는 게 맞긴

해요. 단순하니까 글 쓰는 이는 혼란이 줄고, 읽는 이는 이해하기 쉽거든요. 어떤 의미에서 보면 이야기의 왕도라고 할 수 있지요. 그리고 '3막 구성'을 축으로 다양한 복선을 깔아 두거나 다른 이야기를 동시에 진행하여 메인 이야기와 링크할 수도 있어요. 전체를 복잡하면서도 재밌게 만들 수 있는 거죠.

그럼에도 나는 '3막 구성'은 그다지 신경 쓰지 않고 아래와 같이 '캐릭터의 변화'를 축으로 구성에 더 매달린다고 할 수 있어요.

- 어떤 과제(목적)를 달성하려는 주인공이
- 어디에서 무엇(누구)을 만나
- 어떤 경험(시련 등)을 겪어
- 어떤 사람으로 성장하는가?

말하자면 주인공 성장의 변천사를 축으로 삼는 거죠. 당신이 좋아하는 읽을거리도 자세히 들여다보면 분명 이런 구성일 겁니다. 소설은 물론 만화, 애니메이션, 드라마 모두 마찬가지예요.

내가 굳이 '3막 구성'을 쓰지 않는 이유는 간단합니다. '3막 구성'의 요소인 '설정', '대립', '해결'이라는 단어를 염두에 두면서 이야기를 시작하면 나도 모르게 이야기의 전개를 우선시하고 말아 캐릭터한테 자유를 빼앗는 기분이 들기 때문입니다. 그게 싫은 나는 캐릭터들의 자유를 우선하는 수법으로서 힘들여 스토리를 짜 넣는 거고요.

정리하자면 캐릭터가 마치 살아 있는 듯 생생하게 만드는 것을 우선시한다고 할 수 있습니다.

$\mathcal{31}$ 이야기의 구성은 형식에 맞추는 편이 좋을까요?

$\mathcal{A}$ 필독! 모리사와만의 'W이론'을 적극 추천!

앞서 Q 30에서 설명했다시피 3막 구성이라는 간명한 형식은 지식으로 익혀 두면 손해 볼 일은 없어요. 무의식적으로 가져다 쓸 만큼 많이 써서 체득한다면 효과적일지도 모르고요.

하지만 나는 3막 구성과는 다른 각도에서 이야기를 구축하는 오리지널 형태='W이론'을 고안한 터라 이를 염두에 두면서 글을 씁니다. 어쩌면 이 책에서 'W이론'이 가장 핵심일 수 있어요. 정성껏 도표를 그려 가며 설명할 테니 잘 들어 주세요.

【모리사와만의 방식! 'W이론'이란?】

대략 말하면 주인공의 행복도(마음의 기복)나 복선이 영
향을 미치는 영역과 그것을 거둬들이는 장소를 간단한 그
래프로 나타낸 것입니다. 그래프의 모양이 거의 'W' 자에
가까워서 기억하기 쉽도록 'W이론'이라고 이름 붙여 봤습
니다.

단편 소설일 때는 그래프가 'W'가 아닌 절반인 'V'가 되
기도 하고 이야미스(イヤミス:책을 다 읽고 나면 기분이 나빠지는
추리 소설)일 때는 'M'이 되기도 해요. 템포가 빠른 이야기
나 길이가 긴 장편은 'W'와 'V' 사이를 오갈 때도 있고요.
여기서는 일단 주인공의 행복한 정도가 오르락내리락한
다는 점만 기억해 주세요.

그럼, 다음의 [표1]로 넘어가 볼까요? 이것은 일반적인
장편 소설에 나오는 주인공의 행복한 정도를 나타낸 그래
프예요. 가로축은 시간의 흐름이고 세로축은 주인공의 행
복도입니다.

전체적으로 주인공의 행복도가 'W' 플러스 'V'라는 사
실이 한눈에 들어오죠? 일반 문예에서 250~300쪽 되는

【표1】 장편일 때 주인공의 행복도 그래프

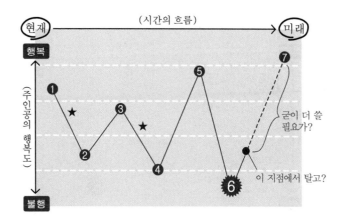

작품을 쓸 때 이 정도의 기복이면 적당하다고 생각합니다. ①~⑦의 숫자는 이야기가 바뀌어 주인공의 행복도가 변하는 터닝 포인트를 나타냅니다. 복선을 깔 때 강력하게 추천하는 포인트는 '★' 표시로 나타냈어요.

슬슬 본론으로 들어가서 다음 그래프가 보여 주는 이야기의 주인공을 임시로 '보통의 남자 대학생＝스즈키(鈴木)군'이라 해 두겠습니다. 캐릭터를 상상하면서 해설을 따라와 주세요.

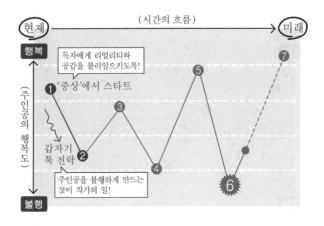

우선 ①부터 설명하자면 여기는 이야기의 첫머리가 되는 곳입니다.

스즈키 군의 행복도는 보통이거나 약간 해피한 정도에서 출발합니다. 물론 불행한 상태에서 시작하는 예도 있지만, 가능하면 첫 부분은 독자가 스즈키 군에게 감정 이입하기 쉽도록 평범한 게 좋다고 생각해요.

스즈키 군이 너무 지나치게 행복하거나 불행하면 독자 대다수는 '이런, 나랑 전혀 다른 사람 얘기로군.' 하는 인상을 받아 자칫 책장을 덮어 버리는 일이 발생하거든요. 그런 사태를 막기 위해서라도 가운데에서 약간 위로 향한 구간에서 시작해야 해요.

첫머리를 중상으로 잡으면 아래로 떨어질 공간을 확보할 수 있다는 점 또한 놓쳐서는 안 돼요. 시작 단계를 '밑바닥'으로 설정하면 더는 떨어질 데가 없으니 위로 끌어올려야 하는 거죠.

테크닉까지는 아니지만, 만약 첫 장부터 독자의 마음을 사로잡고 싶다면 캐릭터의 행복도가 상승하는 장면이 아니라 갑자기 툭 떨어지는 전락 신을 채택하는 게 좋아요. 이는 TV 프로그램에서 종종 보여 주는 '충격 영상'만 떠올려도 바로 알 수 있어요.

예를 들어 스카이다이빙에서 강하 도중에 낙하산 끈이 엉켜 버린 돌발 영상이 있다고 칩시다. 끈이 꼬여 낙하산이 퍼지지 않은 채 그대로 곤두박질치는 사고 장면은 조마조마해서 도저히 눈을 뗄 수가 없잖아요?

그런데 얽히고설킨 끈이 어느 순간 풀어져서는 무사히 낙하산이 퍼져요. 그다음 장면부터는 아름다운 하늘에서 보내온 영상만 보인다면 어떨 것 같나요? 안도의 한숨을 절로 내쉬던 시청자는 인제 그만 흥미를 잃고 볼일 보러 화장실 가는 척하지 않겠어요?^^

이와 같은 이치로 소설도 주인공을 갑자기 불행의 나락으로 떨어트려야 독자를 끌어당길 수 있답니다.

흔히 소설은 '첫머리가 중요하다'고 말하는데, 그렇다면 독자를 꽉 붙잡아 두기 위해서라도 첫 장부터 스즈키 군의 인생은 '전락극'으로 그려져야 하겠죠. 그리고 나락으로 떨어지는 과정에서 어느 정도 갭을 두지 않으면 재미가 없어져요. 즉 밑바닥으로 추락할 때 '낙차(落差)'가 중요하다는 겁니다.

예를 들어 스즈키 군이 어쩌다 백 엔을 잃어버려 '이를 어쩌나….' 하고 어깨를 축 늘어뜨렸다고 칩시다. 이런 '작은 낙차의 불행'한 신보다는 자주 가던 편의점에서 물건을 사고 있는데 강도가 들이닥쳐 인질로 붙잡히는 장면이 독자의 관심을 끌지 않을까요? 강도한테 손발이 묶여서 자동차 트렁크에 처박힌다면 관심의 크기는 더 커질 테고요. 분명코 다음 신을 기대할 겁니다.

그러니 도표에서처럼 ①을 중상으로 설정함으로써 어느 정도 낙차를 두고 불행한 쪽으로 떨어지도록 만들어야 합니다.

만화나 애니메이션은 행복의 절정에서 출발하여 급낙
하! 하는 식의 흐름을 흔히 보여 주는데, 이 책은 소설 작
성법이 메인인 만큼 '리얼리티'를 고려해서 중상 정도의
행복에서 출발하겠습니다.

다시 본론으로 돌아가서 이야기의 시작에서 갑자기 전
락하는 스즈키 군(①→②) 말인데요. 주인공을 불행하게
만들기 위해 작자는 나름 합리적인 '원인'을 생각해야만
합니다. 좀 거칠게 표현해서 '주인공을 불행하게 만드는
것이 소설가의 일'이라고 나는 생각합니다.

이 불행의 원인에는 대체로 '환경', '인간관계', '운'이라
는 세 가지 패턴이 있어요.

• 환경 : 기본적인 것으로 간단히 바뀔 수 없는 요소입
니다. 주인공을 무겁게 짓누르는 광경을 그려야 하므로
결과적으로 주인공을 절망의 늪에 빠트릴 수 있어요. (예 :
어떤 부모한테 태어났는가. 외모. 학교나 직업 환경. 선천적인 장애. 운
동 신경과 같은 각종 재능. 국적 등)

• 인간관계 : 주위 사람과의 '언행·상호작용'을 말함. 이

야기를 감상에 젖게 만들어 독자의 감정을 휘저어 놓는 불행의 원인입니다.

• 운 : 운은 '우연'과 관련된 것으로 소설에 여러 번 나오면 리얼리티가 훼손됩니다. 따라서 장편이라 하더라도 많아야 한 번에서 두 번 정도로 절제했으면 하는 불행의 원인입니다.

사실 위의 세 가지 불행의 원인은 행복의 원인이 되기도 합니다. ②, ④, ⑥ 단계의 포인트로 쓸 수 있으니 잘 기억해 주세요.

그건 그렇고 하던 애기를 마저 해야겠지요. ①에서 떨어지는 스즈키 군 말인데, 가능한 한 ①~② 사이('★' 표시가 있는 위치)에서 재빨리 복선을 쳐 두면 좋아요.([표3]) 이렇게 그물망처럼 쳐둔 복선은 ②, ④, ⑥ 단계에서 거둬들여서 스즈키 군의 인생을 좋은 쪽으로 끌어올리기 위한 장치로 써도 좋아요. 혹은 그 반대로 ③, ⑤ 단계에서 회수하여 스즈키 군을 재차 나락의 늪으로 뻥 걷어차기 위해 써도 OK입니다.

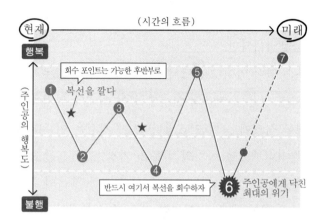

【표3】 복선은 회수 포인트를 절제하여 효과적으로 사용한다

현재 ─────── (시간의 흐름) ──────→ 미래

행복

(주인공의 행복도)

회수 포인트는 가능한 후반부로

① 복선을 깔다

②③④⑤⑥⑦

반드시 여기서 복선을 회수하자

⑥ 주인공에게 닥친 최대의 위기

불행

그렇다고 전반부에서 애써 가며 깐 복선이 무용지물이 되는 걸 그냥 보고 있을 수만은 없잖아요? 그럴 때는 이렇게 하는 겁니다. 복선의 그물망을 거둬들일 포인트를 되도록 후반부로 가져가는 겁니다.

복선의 그물망을 칠 곳과 거둬들일 곳 사이가 벌어질수록 독자에게 놀라움을 선사할 가능성이 큽니다. 앞서 깔아 놓은 복선을 독자가 잊어버렸을 즈음 확 하고 달아오르게 만드는 것이 비결이란 말입니다.

그러나 복선을 깐 지점과 회수 지점이 너무 멀면 복선으로 장치해 둔 문장을 독자가 까먹을 수 있으니 정말로 조심해야 해요. 그럴 때는 '위화감'이 들 정도로 인상적인 표현을 써서 복선을 쳐 두면 좋아요. 물론 이 또한 지나침은 금물입니다만.

무슨 일이 있어도 반드시 복선의 회수 포인트로 설정해야 하는 곳은 주인공의 인생에 있어 최대의 위기 내지는 불행한 상태에 놓이는 ⑥입니다. 이 지점은 이른바 소설의 클라이맥스로 독자의 마음을 가장 크게 흔들고 싶은 곳이잖아요? 그러니 ⑥에서 앞서 설명한 행복과 불행의 세 가지 원인 가운데 '인간관계'를 써서 복선의 그물망을 거둬들이세요.

만약 스즈키 군이 최대의 위기에 빠진 이야기의 클라이맥스에서 우연히 길가에서 큰돈을 주워 행복을 찾는다면 어떨까요? 재미가 하나도 없지요. 그 말인즉슨 '운'은 사용하면 안 된다는 겁니다. 그럼, 최대의 위기가 닥쳤을 때 쓱 하고 국적을 바꿔서 모면하는 건 괜찮은가요? 이 또한 재미없어요. '환경'에 변화를 주는 것 또한 함부로 쓰면 곤란해요.

그렇다면 남은 방도는 '인간관계'의 변화겠지요?

예를 들어, 이야기의 전반부에서 스즈키 군과 상극인 한 라이벌을 등장시켜 스즈키 군에게 이런 말을 하도록 만듭니다.

"내가 다른 사람끼리 다투는 데 끼어드는 경우는 나한테 정말로 소중한 사람이 곤란한 처지에 놓였을 때뿐이야."

이 대사가 바로 복선입니다. 그래도 이 장면에서 스즈키 군과 그의 경쟁자는 서로 엄청나게 싫어하는 사이로 그려 놓아야 해요.

그런데 만약 이야기의 종반부, 그러니까 ⑥의 최대 위기에 접어들어 예의 라이벌이 스즈키 군을 도와주며 이런 말을 한다면 어떨 것 같나요? 그것도 "네가 왜 거기서 나와?" 하고 경쟁자의 등장을 전혀 달가워하지 않는 스즈키 군을 향해서 말이죠.

"거, 참 말이 많군. 나라고 남 일에 끼어들지 말라는 법 있어?"

이 말을 듣는 순간, 스즈키 군과 독자 모두 퍼뜩 정신이 들며 바로 알아차리게 될 거예요. 이 대사가 바로 복선임을요. 그러니까 위기의 단계에서 경쟁자한테 스즈키 군은 이미 '정말로 소중한 사람'이 되어 있었던 거죠! 이런 느낌으로 '인간관계'를 사용한 복선의 장치와 회수를 가장 마지막 단계인 ⑥에서 살리는 겁니다.

【표4】 독자의 상상력이 피어나는 지점에서 펜을 멈춘다

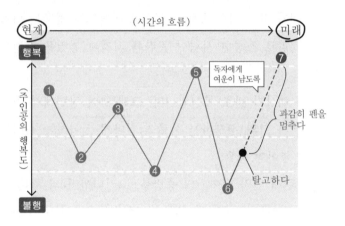

한마디 덧붙이면 장면 ⑥을 씀으로써 주인공인 스즈키 군의 인생은 상향하는데, 그대로 쭉쭉 위를 향해 ⑦까지 오르기만 할지 아닐지는 신중히 생각해 볼 문제예요. 이 부분은 굳이 글로 쓰지 않는 걸 추천해요. (【표4】)

⑥에서 인생 역전을 맞이한 주인공은 위로 올라가면서 라이벌과 친구가 될 가능성이 큰데, 이대로 쭉 가면 바로 ⑦에 이를 것 같은 지점에서 과감하게 펜을 내려놓는 겁니다.

'●'에서 ⑦까지의 구간은 독자에게 선사하는 선물로서 '상상의 여지'를 남겨 둡시다.

이제 막 읽기를 마친 독자는 마지막 책장을 덮고는 숨을 몰아쉬면서 스즈키 군과 라이벌의 미래를 그려 볼 게 분명해요. 독자가 떠올릴 수 있는 가장 이상적인 미래상을 말이죠. 그것이 바로 독자에게 감동의 '여운'이 되는 거지요.

지금까지 'W이론'의 기본적인 구조에 대해 알아봤는데, 이러한 설명은 어디까지나 기본형에 지나지 않아요. 실은 이야기의 길이가 길어지면 길어질수록 주인공 이외의 다른 캐릭터들의 이야기를 'W이론'에 기초해서 짜 넣을 필요가 생깁니다.

요컨대 기본 그래프 속에 서브 캐릭터들의 'W' 내지는 'V'를 써넣는 거지요. ([표5]) 흔히 말하는 '사이드 스토리' 말입니다.

이 '사이드 스토리'를 주된 이야기 사이에 끼워 넣으면 복수의 인간관계가 겹쳐짐으로써 이야기에 한층 깊이가 더해집니다. (단편 대부분은 이런 '사이드 스토리'가 없어도 상관없지만요.)

스즈키 군이 행복해지면 반대로 불행해지는 서브 캐릭터가 나와요. 서브 캐릭터의 인생도 우여곡절이 있는데, 이를 그래프로 나타내면 'W' 혹은 'V'가 되는 거죠.

【표5】 사이드 스토리에서 이야기에 깊이를 더한다

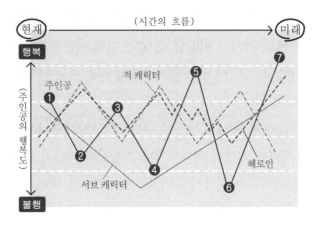

예를 들어 [표5]에서 보이는 적 캐릭터는 싸움의 상대이거나 경쟁자인 만큼 주인공이 행복해지면 맞수는 불행하게 되고, 반대로 주인공이 불행해지면 그는 행복하게 되는 상반 관계입니다.

다음으로 헤로인은 '첫 만남에서는 주인공을 아주 싫어하지만, 우여곡절을 겪는 과정에서 점점 주인공의 진심을 알고 반하여 결국 주인공을 좋아하게 되는' 패턴을 보입니다.

정리하자면 처음은 주인공과 반대로 향하는 'W'이지만, 라스트로 갈수록 주인공과 일치하는 거죠.

【표6】 이야기의 '후일담'을 프롤로그로 쓴다

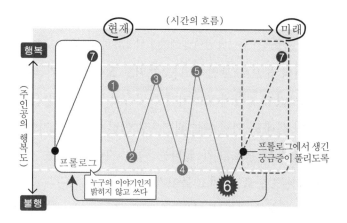

그밖에 다른 캐릭터도 다양한 타입을 보여 주는데, 주인 공과 그다지 깊이 얽히지 않은 서브 캐릭터라면 [표5]에 서처럼 완만한 'V'로 만들어도 좋고 자잘한 'W'여도 OK 입니다.

이건 내가 가끔 쓰는 테크닉인데요, 마지막 '●'에서 ⑦ 까지의 구간을 이야기의 모두 부분에 '프롤로그'로 써 버 리는 수법이 있습니다. ([표6])

책의 맨 앞에서 이야기를 열어 주는 '프롤로그'를 작업

할 때는 등장인물이 누구인지 독자가 특정하지 못하도록 씁니다. (사실 서문은 모든 문제를 해결하고 '성장'을 달성한 이후 스즈키 군 나름으로 풀어낸 라이벌 얘기가 되기도 하거든요.)

독자의 눈으로 보면 왜 나오는지도 모를 '누군가'의 신이 느닷없이 눈앞에 펼쳐져서 머릿속에 '?'가 튀어나오는 형국일 텐데요. 이럴 때는 필력으로 어떻게든 끌고 가야죠. 그러고서 '프롤로그'가 끝나는 즉시 지금까지와는 전혀 다른 '본편'으로 훅 치고 들어가는 겁니다.

그로부터 얼마간 독자는 '본편'을 즐기느라 '프롤로그'의 내용을 잊고 말지요. 그런데 마지막 ⑥의 단계를 넘어서 '●'에 이르렀을 즈음, 그러니까 이야기를 다 읽고 나서야 문득 알아차리게 됩니다. '앞선 프롤로그가 이 얘기의 후일담이었나 보다!' 하면서요.

이런 테크닉을 부린 사례는 내 작품 중에서 『에밀리의 작은 부엌칼(エミリの小さな包丁)』과 『나쓰미의 반딧불』을 찾아볼 수 있어요. 아직도 서문에 후일담을 엮어 넣는 방식을 이해하기 어려운 분이 있다면, 참고로 읽어 보시길 권합니다.

32 플롯을 짜는 단계에서 장을 나누나요?

A 독자의 눈으로 봤을 때 알아보기 쉬운지 아닌지로
   판단한다.

플롯을 짜는데 '확실히 장 나누기를 하는 편이 좋겠는
데…' 하는 생각이 들 때는 초안을 잡아 봅니다.

예를 들어 연작 단편을 구상할 때나 장마다 주인공을
바꿔야 하는 경우, 그리고 무대를 교체해야 하는 경우가
이에 해당합니다.

하지만 기본적으로는 최초에서 최후에 이르기까지 사
전에 짜 놓은 플롯을 그대로 정식 원고로 끌고 가요. 그렇
게 모든 글쓰기를 마친 후에 '장 나누기가 필요하다고 느
끼면' 그때 가서야 장을 나눕니다.

한 가지 덧붙이자면 장 나누기가 필요한지 아닌지를 판단하는 기준은 '독자의 눈으로 봤을 때 알아보기 쉬운지 아닌지'로 아주 간단합니다.

단편을 연작으로 엮을 때는 무대가 같더라도 플롯을 짜는 단계에서 장을 나눕시다. 기본이 단편이니 개개의 이야기로 쓸 걸 생각한다면 장을 나누는 건 당연하겠죠?

여기서 잠시 연작 단편에 재미를 더하는 약간의 테크닉을 알려줄게요.

그건 바로 '앞 장의 '그다음 이야기'를 다음 장에서 맛보기식으로 집어넣는 것'입니다.

만약 제1장에서 일단 완결한 이야기의 '그다음 이야기'를 제2장에서 아주 살짝 흘린다면 어떨까요? 독자의 마음속에서 '앗!' 하는 탄성이 절로 나오겠지요? 소소한 서비스를 제공함으로써 독자의 만족도를 높이는 거죠. 이또한 테크닉의 하나라고 생각합니다.

그렇다고 해서 '그다음 이야기'를 너무 공들여 쓸 것까지는 없어요. 정도가 지나치면 독자한테 '그러니까 앞 장에서 썼으면 됐잖아.' 하는 핀잔을 듣게 될 테니까요.

살짝 흘리는 정도로 쓰는 것이 스마트하고 좋아요. 또는

'눈치가 빠른 사람은 알아차릴 수 있다'는 식으로 써도 괜찮고요. '난 진작에 알아차렸지!'라는 우월감을 독자에게 심어 주는 것도 하나의 방법입니다.

33 공개 모집에 첨부하는 '줄거리'가 에세이처럼 되어
서 곤란합니다. 소설 대부분은 일인칭이 많고요.

A 구두로 누군가에게 설명하듯 쓰자.

공모의 줄거리가 에세이풍인 이유는 일인칭인 '나'가 곧
'작자'를 가리키기 때문이겠죠? 그렇게 시선이 겹칠 때는
누군가 당신에게 이런 질문을 던졌다고 상상해 보세요.
"네가 쓴 소설은 어떤 얘기야?"
아마도 당신은 이렇게 머뭇거리겠지요.
"음, 대충 밝히면…."
누군가의 질문에 대답한다는 생각으로 '입으로 소리 내
어' 말해 보세요. 꼭 글로 쓰지 않아도 되니 먼저 입으로
말하는 거예요. 그러는 사이 일인칭인 '나'를 객관적으로

설명하는 나를 발견하게 될 겁니다. 이야기의 대강을 설명하는 나를 말이죠. 그때 가서 '구두로 전한 내용'을 하나하나 떠올려 가며 글로 써 보는 겁니다. (구술할 때 녹음해 두는 것도 방법일 수 있겠습니다.)

줄거리를 요약하는 작업을 진행할 때는 '언제 어떤 무대에서 어떤 캐릭터가 무엇을 목적으로 어떤 행동을 취하고 도중에 어떤 파란을 겪었는지, 그리고 마지막에는 어떻게 되었는지' 하는 식으로 쓰면 전달하기 좋습니다.

34 작품의 타이틀은 어떻게 붙이나요?

A 최악의 경우 본인이 붙이지 않아도 괜찮아요.^^

내가 작품의 제목을 붙이는 패턴은 하도 다양해서 일일이 열거할 수 없지만, 문예지에 연재할 때는 '임시 타이틀'을 붙이기도 합니다. 독자의 반응을 확인하는 거죠. 그 연재물을 단행본으로 만드는 과정에서 타이틀을 바꾸는 일도 빈번하고요.

타이틀에 대한 고민은 늘 하는 거지만, 담당 편집자가 대신 붙여 주는 일도 종종 있어요. 출판사 영업부 직원의 아이디어를 그대로 받아서 쓰는 일도 있고요. 정 안 되면 남의 손을 빌려도 괜찮아요.

그래도 가장 많이 쓰는 방법은 나와 담당 편집자가 서

로 생각해 둔 타이틀을 맞붙여 놓고 그중에서 베스트를 고르는 겁니다.

어떤 타이틀을 붙일까 고민이라면 명심해 둘 것이 있습니다. 잠시 열거해 볼게요.

• 서점에서 사람들의 눈길을 끌 만큼 '임펙트'가 있을 것.

• 한번 들으면 계속해서 귓가에 맴도는 듣기 좋은 어감.

• 독자의 흥미를 끌 만한 (읽고 싶은) 말을 쓸 것.

• 작품의 내용이 이미지로 생생히 떠오를 것. (이미지로 잡히지 않아도 괜찮은 예도 있어요.)

• 독창성을 작품에 담을 것. (히트작을 재탕하는 경우가 많은데, 나는 이미 써먹은 걸 우려먹을 생각이 없어요.)

• '기미스이(キミスイ)'(『너의 췌장을 먹고 싶어(君の膵臓をたべたい)』)나 '세카츄(セカチュー)'(『세상의 중심에서 사랑을 외치다(世界の中心で、愛をさけぶ)』)처럼 줄임말 애칭으로 부르기 쉬울 것.

• 동시에 TV 드라마를 기획한다면 방송 예정을 알리는 편성표에 제목이 들어갈 정도로 짧게 지을 것.

대략 이 정도면 될 것 같아요.

타이틀은 '소설의 얼굴'인 동시에 팔림새로 직결되는 만큼 소설에서 매우 중요한 요소입니다.

요즘 들어 『너의 췌장을 먹고 싶어』, 『수수께끼 풀이는 저녁 식사 후에(謎解きはディナーのあとで)』, 『세상의 중심에서 사랑을 외치다』 등 제목을 본 순간 바로 읽고 싶어지는 히트작이 많이 나왔잖아요.

제목으로 쓴 단어를 보면 시작과 끝을 한자로 할지 히라가나로 할지도 신중히 검토했어요. 위에 나온 타이틀만 해도 제목 마지막 술어 부분은 '먹고 싶다(たべたい)', '나중에(あとで)'로 히라가나를 썼네요.

내 작품의 경우에는 『큰일일수록 작은 소리로 속삭인다(大事なことほど小声でささやく)』가 제목이 좋다는 평을 많이 들었어요. 문제는 내가 아니라 담당 편집자의 생각이었다는 거죠.^^ 만약 여기에 덕지덕지 한자를 붙여 타이틀이 『큰일일수록 작은 소리로 속삭인다(大事な事程小声で囁く)』가 되었다면…, 아마도 읽기 거북한 딱딱한 책이란 인상을 주었겠지요?

매번 겪는 일이나 타이틀 붙이기는 어려워요. 정말로!

COLUMN 3 '즐기는 마음'을 작품에 담다

나조차도 '그만두면 좋을 텐데….' 하는 생각이 들 때가 있어요. 나는 소설을 쓸 때마다 어김없이 복선을 깝니다. 그것도 하나나 둘이 아네요. 몇십 개를 짜 넣을 때도 있거든요. 한번 읽어 보면 누구나 알아차릴 법한 '초보자용 복선'은 물론 이야기의 심층에 도사리고 있어 웬만한 읽기로는 눈치채기 어려운 '상급자용 복선'도 장치해요.

여기서 더 나아가 전문적으로 연구한 사람이 아니면 백년이 지나도 절대로 알아차릴 수 없을 정도로 치밀한 '모리사와 작품 연구자용 복선'까지 마련해 두지요.^^

그 누구도 알아차릴 수 없는 복선이라니. 이보다 더 바보스러울 수가 있을까요?

지나치다 싶을 만큼 많은 복선을 까는 탓에 플롯을 짤 때마다 나의 뇌는 눅진눅진 녹아서 귓구멍으로 흘러나올 지경이랍니다.

게다가 내가 쓴 모든 소설 작품은 출판사의 벽을 넘어 이야기 세계로 링크되고 있어요.

예를 들어 어느 작품에서 조연이었던 사람이 다른 작품에서는 주인공이 되기도 하고, 별개의 다른 작품에 공통되는 무대가 나오기도 하죠. 꼼꼼히 읽어 보면 '작품 A'와 '작품 B'에 등장하는 캐릭터가 서로 친척이라거나 이 작품 저 작품을 조무래기가 넘나들거나 하는 식의….

늘 마감일에 쫓겨 허덕이는 내 처지에 굳이 이런 귀찮은 일을 벌이는 까닭은?

그건 바로!
자기만족을 위해서입니다.^^

달리 말해서 즐기는 마음을 채우기 위해서지요. 광적으로 독자 서비스를 제공하고 싶어서라고나 할까요?

소설가로서 나를 요샛말로 하면 '도엠(ドM) 플러스 오타쿠(オタク)'쯤 될 겁니다. 마조히스트처럼 학대를 즐기는데다 나홀로족만큼 저 혼자 안달이 났거든요. 제 손으로 자기 목을 조르면서까지 굳이 하지 않아도 되는 일을 하니까요.^^

솔직히 여러분한테 권하고 싶지는 않아요. 그저 '놀이처럼 생각하다니. 글 쓰는 방식도 가지가지로군!' 하고 가볍게 넘어가 주면 그걸로 충분합니다.

STEP 4

원고를 쓰다 Part 1

'읽힘새가 좋은 문장'을 쓰기 위하여

35 인칭을 어떻게 쓸지 매번 고민입니다. 어떤 기준으로 구별해 쓰나요?

A 감정을 이입하고 싶으면 일인칭을, 복잡한 세계를 그리고 싶다면 삼인칭을 추천!

먼저 소설 작성에 있어서 일인칭과 삼인칭이 어떤 의미를 갖는지 대강 설명하겠습니다.

일인칭은 지문에서 말하는 사람이 바로 캐릭터(보통은 주인공)가 되는 경우를 말합니다. 따라서 필연적으로 주어 대부분이 '나는'이지요.

한편 삼인칭은 지문의 화자가 작가이지요. 그런 까닭에 주어로 캐릭터들의 이름이 주로 사용됩니다. '오공은', '스즈키는'. '루피는'이 이에 해당해요. '그는', '그녀는',

'선생님은' 그리고 '그 녀석은' 또한 삼인칭이고요.

단문으로 쓰면 이렇습니다.

- 나는 카레라이스를 아주 많이 좋아한다. (일인칭)
- 스즈키는 카레라이스를 아주 많이 좋아한다. (삼인칭)

그런데 소설을 일인칭으로 쓰면 주인공의 눈길이 닿는 곳 이외의 범위는 쓸 수 없어요. 주어가 '나는'이니까 '나'가 모르는 일을 적으면 이상할 게 뻔하잖아요.

복잡한 이야기를 쓰려는 작가한테는 족쇄를 채우는 거나 마찬가지죠.

이야기 속에서는 '나'가 모르는 곳에서 다른 캐릭터들이 이런저런 행동을 보일 텐데, 그런 그들에 대해 한 글자도 적을 수 없거든요.

한편 '나는'으로 시작하는 문장에는 독자가 주인공을 자신의 몸처럼 느끼게 하는 장점이 있어요. 독자가 주인공의 오감을 통해 이야기 세계를 맛보기 때문이지요.

요컨대 일인칭으로 소설을 쓰면 독자는 주인공에게 감정이입하기 쉬워진다는 말입니다.

여기서 잠시 두 가지 문장을 함께 읽어 보도록 하지요. 먼저 이런 문장을 읽어 볼까요?

① 나는 눈빛이 마주친 그녀를 살포시 끌어안았다.

어떤가요? 지금 어떤 느낌이 드는지 당신의 가슴에 전해지는 감각을 잘 기억해 두세요. 다음 문장은 어떻죠?

② 그는 눈빛이 마주친 그녀를 살포시 끌어안았다.

바로 그거예요. 이제는 알겠죠? 당신한테는 ①이 마치 '자기일'처럼 느껴질 겁니다. 그러니까 일인칭을 쓰면 독자는 주인공한테 감정이입이 더 잘 되는 거죠.

물론 삼인칭도 장점과 결함 모두 갖고 있어요. (일인칭과는 반대로) 주인공의 시선이 미치지 않는 곳까지 거침없이 쓸 수 있어 구성이 복잡한 이야기를 쓰기에 용이하다는 말입니다. 하지만 일인칭과 비교하면 독자와 주인공 간의 심적 거리가 조금 멀어져요.

이처럼 일인칭과 삼인칭 둘 다 장점과 단점의 양면이 있으니 이를 고려하여 자신이 추구하는 작품 세계에 딱 들어맞는 인칭을 고르는 게 중요합니다.

참고로 나는 일인칭과 삼인칭의 메리트를 동시에 살리기 위해 이런 꾀를 냈습니다.

'장마다 주인공을 바꿔서 일인칭으로 쓰는' 묘수를요.

이런 수법을 쓰면 캐릭터 하나하나의 심리를 묘사할 수 있는 데다 이야기가 복잡해져도 대응할 수 있으니까 작품에 깊이를 더할 수 있어요.

다만 주의할 점은 웬만한 치밀함이 아니면 이야기가 한순간에 파탄에 이를 수 있어요. 여러 사람의 시선(심리)을 하나의 이야기로 엮는 중층적이고도 복잡한 구성이기 때문이죠.

이를 막기 위해 사전에 플롯을 꽁꽁 묶어 두는 건 물론이거니와 장마다 주인공 격인 캐릭터를 확실히 설정합니다. 캐릭터만의 시선으로 이야기 세계를 구축하고 문장을 직조할 필요성이 생기는 거죠.

그러면 저절로 장마다 문장의 테이스트가 달라져요. 감각이 살아남으로써 작품에 깊이를 더하는 동시에 매력도 발산하게 될 겁니다.

36 인물을 잘 묘사할 수 없어요.

A 캐릭터의 '행동'을 표현하자.

인물을 묘사할 때 절대적으로 필요한 조건은 캐릭터를 확실히 '만들 것'과 작자가 캐릭터를 깊이 '이해하고 있을 것'입니다.

캐릭터 설정법에 관해서는 Q 13에서 설명했으니 그쪽을 참고하시긴 바랍니다.

그렇다면 작자가 얼마만큼 캐릭터를 이해하면 되는가. 내 생각엔 적어도 '친한 친구 레벨' 정도는 돼야 한다고 봐요.

작자가 '이런 상황에서 이 캐릭터라면 분명 이렇게 행

동할 거야'라는 확신이 들 만큼 캐릭터에 대한 이해가 깊으면 캐릭터들은 작자의 머릿속에서 마치 살아 있는 듯 움직일 겁니다. 그렇게 되면 작자는 그저 그들이 움직이는 모습을 바라보면서 문장으로 적어 내려가기만 하면 됩니다.

캐릭터를 확실히 잡고 이해했다면 그다음은 그들을 어떤 방법으로 묘사할 것인가 하는 문제가 남는데, 사실 이 부분에서 '차이'가 여실히 드러납니다.

딱 잘라 말해서 '인물을 설명하기 위한 문장'을 쓰면 안 됩니다. 정석은 '이야기의 흐름 속에서 자연스럽게 독자에게 인물을 이해시키는 문장'을 쓰는 것입니다.

예시로 주인공을 '마감일을 못 맞추는 태만한 소설가 모리사와 아키오'로 설정하여 일인칭으로 써 보겠습니다.

• 흔한 실패 사례

안타깝게도 나라는 소설가를 두 글자로 나타내면 '태만'이 될 것이다. 솔직히 말해서 난 내가 생각해도 이상할 정도로 시간에 루즈한 면이 있다.

마감 직전에 담당 편집자가 전화를 걸어 아무리 재촉한다 해도 읽다만 만화책으로 손이 가는 그런 타입이니까.

• 프로의 작성법

"예. 잘 알죠. 지금 막 쓰고 있다니까요. 바로 탈고할 수 있어요."

세월아 네월아 하며 마루를 뒹굴며 입에서 나오는 대로 떠들어댄 나는 담당 편집자와 통화를 마쳤다.

'그렇게 쪼아 댈 것까지야…'

하고 속으로 투덜대며 무슨 큰일이라도 난 듯 '어휴'하고 한숨을 내쉰다.

또 그런 전화가 오면 안 되니까 스마트폰에 연결된 전원을 뺐다.

'이것으로 훼방꾼과는 안녕!'이라며.

쓸모가 없어진 스마트폰은 베개 밑에 묻어 두고 그 손으로 읽다만 만화책을 집어 들었다.

'괜찮아. 어차피 마감 따위 하루나 이틀쯤 늦춰져도 상관없으니까.'

나는 만화 책장을 펼치며 다시금 재밌고 신나는 SF 세상으로 빠져들었다.

위의 두 문장을 읽어 보니 분명한 차이가 느껴지지요? 전자가 단순한 '설명문'이라면 후자는 '이야기를 움직여서 인물을 묘사하는' 문장이라 독자의 머릿속에 영상이 흐르고 캐릭터의 성격도 분명히 전해집니다.

인물을 묘사하는 비법에는 다른 수도 있어요. 앞서와 마찬가지로 소설가 모리사와 아키오의 태만함을 표현하고 싶다면 서브 캐릭터를 이용하면 됩니다.

예를 들어 소꿉친구로 설정한 서브 캐릭터가 소설가 모리사와 아키오의 집에 찾아와 잔뜩 어지럽혀진 그의 방을 보자마자 이런 말을 하는 겁니다.

"와, 이게 바로 쓰레기더미 저택이로구나. 넌 언제쯤 제대로 살 수 있는 거냐?"

그러고는 '아이고, 됐다, 됐어!' 하고 쓴웃음을 짓는다면 이 표현으로 주인공이 어려서부터 게으른 인간이었다는 사실이 분명해질 겁니다. 독자에게 그대로 전해질 테니까요. 가능한 한 설명문은 쓰지 않도록 합시다.

이런 요령은 매우 중요하니 반드시 기억해 주세요.

37 생생하면서도 깊이 있는 인물을 그리려면 어떻게
해야 하나요?

A 일인칭일 때는 '캐릭터에게 빙의'하고, 삼인칭은
'캐릭터를 가까이에서 관찰'하여 쓴다.

캐릭터에 매력을 더하기 위해 이런 작업이 필요한데,
그것은 바로 독자가 캐릭터를 보고 활기차다고 느낄 만큼
'리얼한 인간'을 표현하는 것입니다. 인물을 생생하게 묘
사할 수 있다면 캐릭터의 존재감도 강해질 테니까요.

그럼, 어떻게 하면 되는지 방법을 알아볼까요?

대답은 비교적 간단하니, 아래 '모리사와 류'의 방식을
덥석 잡아챘으면 합니다.

우선 '일인칭'으로 쓰는 경우.

이야기의 무대를 최대한 생생하게 떠올려서 그곳에 캐릭터(주인공)를 세웁니다. 다음으로 그 캐릭터의 등 뒤에서 슬쩍 빙의한다는 생각으로 당신이 캐릭터의 몸속으로 들어가는 겁니다. 그러니까 캐릭터의 육체라는 '감각기관'을 당신이 통째로 빌리는 셈이죠.

인물의 몸에 들어간 당신은 캐릭터의 눈을 통해 이야기의 무대를 보고 피부를 통해 바람을 느낍니다. 코로 냄새를 맡고 입으로 맛을 보고 귀로 당신이 설치한 무대에서 전해 오는 소리를 듣는 거죠. 캐릭터의 생각이나 감정도 공유하면서 온몸으로 느껴 주세요. 그러고는 '빌린 신체로 맛본 감각과 움직임'을 그대로 생생하게 문장으로 표현하는 것입니다.

이런 작업에서 금지 사항은 당신이 당신 마음대로 캐릭터를 움직이는 거예요. 사고하고 행동하는 주체는 어디까지나 캐릭터라는 사실을 명심하세요. 캐릭터가 마음껏 뛰어다닐 수 있도록 완전한 자유를 주세요. 당신은 캐릭터가 느끼는 '감각'을 내부에서 공유하는 것으로 족합니다. 실제로 맛본 것 같은 감각을 소설로 옮기기만 하면 바로 리얼리티가 넘쳐 나는 '일인칭' 이야기로 완성됩니다.

여기에 하나 더 금지 사항을 보탤게요.

'주인공이 알 수 없는 사실이나 현상을 써 버리는' 어이 없는 오류인데요.

아주 흔한 실수는 주인공의 배후에서 일어난 일을 마치 자기 눈으로 본 것처럼 써 버리는 거예요. '소리'나 '냄새'라면 그냥 넘어가겠지만, 시각 정보는 그 자리에서 바로 아웃이겠죠?

예를 들면 이렇습니다.

나는 찻집 계산대에 앉아서 미스터리 소설의 클라이맥스에 빠져들었다. 내 뒤로는 여자 넷이 테이블에 옹기종기 둘러앉아 스마트폰을 들여다보면서 고양이가 나오는 버라이어티 영상을 즐기고 있다.

이렇게 쓰면 안 돼요. 시각 정보는 물론이거니와 소설에 푹 빠져 있는데 뒤쪽에 앉은 다른 손님의 모습 따위 눈에 들어올 리가 있겠어요?

그럼, 어떻게 쓰면 정석인가.

찻집 계산대에 앉아서 미스터리 소설을 끝까지 읽었다.

여운에 젖어 살며시 책장을 덮자 나도 모르게 '휴'하는 한숨이 나왔다. 결말이 너무나도 충격적인 탓이다.

그때 등 뒤편 테이블에서 젊은 듯한 여성들의 목소리가 들려왔다. 대화 내용으로 짐작건대 고양이가 나오는 버라이어티 영상을 보고 있는 모양이다.

이런 느낌으로 쓰는 겁니다. '젊은 듯한', '보고 있는 모양'이라고 등 뒤의 상황을 상상해서 쓰는 거지요. 그래야 어긋남이 없어요.

'삼인칭'으로 쓸 때는 조금 다릅니다.

당신은 지금 메모장과 연필을 손에 든 '투명 인간'이 되어 이야기의 무대로 살금살금 들어섭니다. 그리고 그 무대 위에 서 있는 캐릭터들 바로 옆에서 숨죽여 가며 그들의 일거수일투족을 관찰하는 것이죠.

요리조리 살핀 '움직임'은 메모장에 공들여 적습니다. 눈앞에 있는 캐릭터와 함께 느끼는 바람의 감촉이나 소리와 같은 환경적 요소도 메모장에 기입하고요. 그 메모에 적힌 말과 말을 잇는 고리가 그대로 소설이 되는 겁니다.

여기서 핵심은 어디까지나 '관찰한 것'을 적는 것입니다. 그러니까 '스즈키는 슬펐다'라고 관찰할 수 없는 부분을 메모하면 아웃이고, '스즈키가 살짝 얼굴을 찡그리자 눈물방울이 볼을 타고 흘러내렸다'로 관찰한 걸 그대로 쓰면 통과하는 거죠.

솔직히 캐릭터의 몸속에 줄곧 들어앉아 있는 건 신경을 갈아먹는 작업입니다. 이야기의 무대 위에서 언제까지고 투명 인간으로 서 있는 것도 그렇고요. 그래도 이렇게 갖은 고생을 다하며 완성한 소설은 질적인 면에서 확실히 달라요. 캐릭터들의 말투나 몸가짐이 매우 자연스럽고 활기차서 인간다운 매력이 물씬물씬 풍기거든요.

몸에 익을 때까지는 상당히 피곤하고 괴로운 작업이지만 서서히 요령을 터득하면 조금은 편해질 테니 포기하지 말고 끝까지 분발하길 바랍니다.

$\mathcal{38}$ 캐릭터가 감정을 드러낼 때 '동작의 변화'를 주는 방법을 알고 싶어요.

$\mathcal{A}$ 영화, 드라마, 애니메이션 등을 통해서 연구하도록!

우선 소설로 표현하고자 하는 감정을 자신이 품었다고 가정한 후, 어떤 표정을 짓고 어떤 동작을 취하면 좋을지 확인합니다. 그래도 부족하다 싶으면 캐릭터를 직접 보는 게 가장 빠른 방법이에요. 즉 애니메이션, 영화, 드라마 등을 보면서 캐릭터들이 실제로 어떻게 움직이는지 관찰하는 것 말입니다.

가령 '기쁜' 감정을 느낄 때 캐릭터가 '웃는다'면 그 동작을 한층 더 꼼꼼히 살펴보세요.

'웃는다'는 행위에도 여러 가지가 있어요. 자세히 들여다보면 고개를 숙이고 부끄러운 듯 웃거나 하얗게 이를 드러내며 활짝 웃거나 눈을 가늘게 뜨거나 보조개를 보이거나 눈가에 깊은 주름이 잡히거나 너무 웃어서 눈물이 흐르거나 포복절도할 정도로 웃거나 손뼉을 치며 웃거나 비웃듯 입술을 비쭉거리며 웃거나 니힐리스트처럼 대수롭지 않다는 듯 피식 웃거나 하지요. '웃는 동작'이 참으로 다양하다는 사실을 깨닫게 될 겁니다.

이런 '움직임'을 주의 깊게 관찰하여 (필요하면 메모하여) 동작과 감정표현의 변화를 늘려 갑시다.

39 정경을 묘사하는 요령을 알려 주세요.

A 짧은 문장에 복수의 의미를 부여하도록!

정경을 효과적으로 표현하면 작품의 질이 한층 더 올라 갑니다. 그러니 이 부분은 예문을 제시하면서 자세히 설명 하겠습니다.

아래에 '캐릭터가 오감을 통해 어느 장소를 느낀 것'을 두 가지 패턴으로 써 볼 테니 비교해 보세요. 예문을 읽어 봤을 때 어느 쪽의 정경이 마치 눈 앞에 펼쳐진 듯 생생하 게 당신의 머릿속에 그려지는지 확인해 보면 좋을 것 같 아요. 참고로 양쪽 모두 '동일한 캐릭터'가 '동일한 장소' 에 서 있는 설정으로 정경을 묘사한 것입니다.

• 패턴 1

발밑으로 돋아난 풀이 바람에 흔들렸다.

갑자기 목덜미가 가려워서 손가락으로 박박 긁었다.

그새 벌레한테 물리기라도 한 걸까?

어찌 됐든 새로 산 진은 무척 마음에 든다. 툭 떨어지는 핏감도 좋고 진의 데미지 정도도 이상적이다.

나는 숨을 크게 들이마시며 하늘을 올려다봤다.

날이 쨍해서 살짝 눈을 찡그렸다.

내 뒤로는 목조 건물이 서 있다.

• 패턴 2

발아래로 끝없이 펼쳐진 쪽빛 바다였다.

저 멀리 벼랑 끝자락에서 뱃속까지 울리는 둔탁한 파도 소리가 들려온다.

무심코 올려다본 하늘은 우주에 가닿을 만큼 청명하고 솔개의 실루엣은 소리도 없이 유유히 선회한다.

포근한 봄바람이 불어와 내 긴 머리카락을 살랑살랑 건드린다.

그 바람결에 카레 향이 배어 있는 게 분명하다.

내 뒤편에 있는 통나무 레스토랑에서 풍기는 향이겠지.

어떤가요? 둘 다 똑같은 바닷가에 선 한 사람의 캐릭터가 그의 오감으로 느낀 걸 묘사한 문장인데, '바닷가'의 영상이 생생한 쪽은 단연코 패턴 2입니다.

그럼, 패턴 1과 패턴 2의 차이를 설명해 볼까요?

먼저 패턴 1의 특징은 문장이 정보만 전달하고 있다는 걸 들 수 있어요.

예컨대 '풀'은 그저 '풀'일 뿐이죠. 그 외의 정보는 전해지지 않아요. 다른 것도 마찬가지입니다. 벌레한테 쏘였다거나 청바지의 상태가 어떻다거나 하늘을 올려다봤다든가 하는 거죠. 여기서는 문장에 적힌 정보만 읽을 수가 있어요. 무엇보다 '바닷가'를 묘사하기 위한 정보라고 하기에는 불필요한 것들만 나열하고 있잖아요. '목조건물'이 무엇을 의미하는지 전혀 알 수 없지요.

한편 패턴 2는 짧은 하나의 문장 속이 '필요한 복수의 정보'로 채워져 있는 것이 특징입니다.

처음 '발아래로 끝없이 펼쳐진'을 읽고 나서 그 장소의

'높이'와 '풍경의 웅대함' 그리고 '공기의 광활함'이 동시에 느껴지지 않던가요? '뱃속까지 울리는 둔탁한 파도 소리' 대목에서는 '소리의 크기'와 '소리의 낮음' 그리고 '소리가 나는 곳까지의 거리감' 뿐만 아니라 '바다의 거친 모습'까지 떠올릴 수 있고요. '우주에 가닿을 만큼 청명하고'를 통해서는 '쾌청하다는 사실'과 '공기의 상쾌함' 그리고 '하늘의 투명함'이 동시에 전해질 테지요.

내가 무슨 말을 하고 싶은지 알겠지요? '솔개의 실루엣은 소리도 없이 유유히 선회한다'는 대목은 솔개가 날개를 편 채로 날고 있는 모습 이외에도 '실루엣'이 '하늘의 밝기'를 표현합니다. '소리도 없이 선회'하는 부분은 그 장소의 (파도 소리 이외의) '조용함'을 전달하고요.

더구나 '긴 머리카락'은 캐릭터가 여성이란 사실을 상기시키며, '포근한 봄바람'은 추운 기운이 감도는 이른 봄이 아니라 '완연한 봄이란 사실'을 이미지로 떠올려 주죠. '카레 향'은 냄새만 알려 주는 게 아니라 '가까이에 사람이 있다는 느낌'도 전하잖아요? 그리고 '통나무 레스토랑'이라는 묘사는 레스토랑이 있다는 정보 이외에도 '건물의 분위기'까지 나타내고요.

만약 패턴 1에서 '풀'을 '제비꽃'으로 바꾸면 어떨까요? 약간의 변경으로 계절이 '봄'이란 사실을 동시에 알릴 수 있겠죠. 말이 장황하게 늘어지지 않으면서도 독자가 꼭 알아야 할 정보를 분명하게 전달하는 방법은 '하나의 짧은 문장 속에 복수의 필요한 정보를 채워 넣는 것'이 효과적입니다.

패턴 1과 패턴 2의 차이점은 이게 다가 아녜요.

사실 패턴 1이 그린 세계는 캐릭터가 '본 것'과 '느낀 것' 그러니까 오감 가운데 '시각'과 '촉각' 두 가지뿐입니다.

한편 패턴 2는 '시각', '촉각', '청각' 그리고 카레라는 단어가 주는 '미각'까지 이미지로 그릴 수 있어요. 오감 표현을 모두 가져다 쓴 거죠. (오감을 사용하는 작성법은 Q 40 에서 설명하겠습니다.)

이 또한 유용하게 쓸 방법이니, 잘 익혀서 작품 세계에 리얼한 정보를 넣어 주세요.

40 주인공이 놓인 장소를 실감 나면서도 알기 쉽게 전
　　달하는 비법은 없나요?

A '넓을 광 → 좁을 협'과 '오감을 쓰는' 것이 요령.

　지금부터 어느 장소를 나타내는 단어를 나열할 테니, 머
릿속에서 이미지로 그려 보세요.

　• 패턴 1
　발밑에는 데굴데굴 자갈이 깔려 있다. 주위에 풀과 나무
는 없다. 조금 멀리 떨어진 곳에 완만한 경사가 보인다. 경
사면은 아래쪽으로 쭉 이어졌는데, 도중에 하얀 안개가 끼
어 있다. 그 안개는 꽤 멀리까지 퍼져 있다. 흰 안개는 구
름이었다. 구름바다가 360도로 온 사방에 퍼져 있는 것이
다. 나는 지금 후지산 정상에 서 있다.

어떤 느낌이 드나요? 위에서 기술한 장소의 정보를 받아들이기 위해 꽤 머리를 굴려야 했겠죠?

그럼, 이번에는 거의 같은 말로 쓰지만 '순서를 반대로 하여' 나열할 테니, 따라오면서 이미지로 떠올려 보세요.

• 패턴 2

나는 지금 후지산 정상에 서 있다. 눈 앞에 펼쳐진 건 온통 새하얀 구름바다다. 주위는 완만한 경사면으로 구름바다가 밀려와 그 아래로는 아무것도 보이지 않는다. 풀이나 나무도 핀 적이 없는지 내 발밑에는 데굴데굴 자갈만 굴러다닌다.

이번에는 어떤가요? 패턴 2가 훨씬 알기 쉽고 머릿속에서 영상으로 그리기도 편했을 겁니다.

그렇다면 패턴 1과 패턴 2의 차이를 알아볼까요?

패턴 1은 먼저 좁은 장소를 쓰고 그다음에 서서히 넓은 범위로 넓혀 나간 경우입니다. 패턴 2는 그 반대로 먼저 넓은 장소를 그리고 나서 점점 묘사의 범위를 좁히는 작성법이고요.

요컨대 처음에 확 하고 '넓고 이미지로 떠올리기 쉬운 장소'를 펼쳐 보이면, 독자는 읽기 편하고 뇌리에서 영상화시키기 쉽다는 말입니다.

'넓을 광(廣) → 좁을 협(狹)'

이 방법은 장소를 작성하는 비법이니 기억해 주세요.

여기에 하나 더 비결을 알려 주자면 캐릭터의 '오감을 쓰는' 것입니다.

예를 들어, 청각으로 알게 된 정보 = "방충망 저편 어둠 속에서 귀뚜라미 소리가 들려왔다"고 쓰면 무대의 '계절'과 '시각'이 눈에 보이는 것처럼 느껴지겠죠. "가을밤이 깊어간다"고 쓰는 것보다 훨씬 멋진 표현입니다.

"하늘을 올려다보자 눈이 시릴 만큼 청명한 블루가 펼쳐졌다"고 쓰면 '활짝 갠 한낮'이라는 사실을 알릴 수 있습니다. '시각'과 '청각' 모두를 사용하는 거죠.

정리하자면 캐릭터가 있는 장소를 쓸 때 캐릭터가 오감으로 느낀 것을 덧붙이면 장소에 대한 리얼리티가 더해지는 것이죠. 표현이 유치해지는 것도 막고요.

예컨대 주인공이 폐허 속에 자신의 발을 들여놓는 장면을 쓴다고 칩시다.

- 한 발을 내디딜 때마다 자그락자그락 으깨진 아스팔트 밟는 소리가 전해진다. (청각)
- 탁한 기운에 곰팡이와 먼지 내음이 잔뜩 묻어난다. (후각)
- 안쪽 계단은 어스름이 깔려서 아무리 애써도 잘 보이지 않는다. (시각)
- 깨진 유리 창문 사이로 미적지근한 바람이 들어와 널름 내 옷깃을 훑는다. (촉각)

이런 느낌으로 엮으면 폐허 속 분위기가 더 생생해지겠지요? 오감을 적는 것도 장소를 잘 표현하는 방법 가운데 하나이니, 부디 써 보시길 바랍니다.

41 방이나 건물의 내장 및 외관, 그리고 캐릭터의 복장
은 얼마나 상세하게 그려야 하나요?

A 상징적인 것만 엄선하여.

이런 고민에 이르렀다면 그것만으로도 당신은 훌륭합
니다. 요모조모 정경을 너무 자세히 '설명'하며 말을 장황
하게 늘어놓아 오히려 독자를 혼란에 빠뜨리는 잘못은 프
로도 자주 저지르거든요.

이런 실수를 줄이는 효과적인 방법은 이렇습니다.

'상징적인 것만 엄선하여 쓰고 나머지는 캐릭터의 행동
으로 표현한다.'

예컨대 젊은 여성의 아름다움을 복장으로 표현해 보겠
습니다.

- 패턴 1

그녀는 고상한 분홍색 스커트를 입었다. 넓게 퍼진 치맛자락은 파도가 일렁이는 듯한 디자인으로 플레어스커트다. 매력적인 여성에 잘 어울리는 모습이다.

그런데 이런 설명적인 글쓰기는 곤란해요.

- 패턴 2

하늘하늘

몸을 돌릴 때마다 분홍색 스커트가 어지러이 춤춘다.

그녀의 나긋나긋한 동작에 넋이 나간 뭇 남성들은 저마다 하트가 가득한 눈빛으로 꿀꺽 군침을 삼킨다.

이렇게 써야 여성의 매력이 잘 드러나고 머릿속에 영상도 바로 떠올라요. 건물을 표현할 때도 마찬가지입니다. 두 가지 패턴의 예문을 들 테니 비교해 보세요.

- 패턴 1

그 빌딩은 7년 전에 지어진 52층 건물이다. 전면이 사각 유리로 만들어졌는데, 한 장 한 장 모든 유리가 깨끗이 닦여 있다. 1층 현관에는 금속제 세움 간판이 있어서 주거용

맨션이 아니라 모든 층에 업무용 사무실이 들어차 있다는 사실을 알 수 있다.

• 패턴 2

나는 이마에 손을 갖다 대며 하늘을 우러러보듯 빌딩을 올려다봤다. 금방이라도 목이 꺾일 듯 마천루가 따로 없다. 전면이 유리로 된 그 빌딩은 잘 닦인 거울 같아서 건물 위편으로 오월의 푸른 하늘이 비쳤다.

어떻습니까?

패턴 1은 빌딩의 형상이나 소재 등을 단순히 '설명'한 문장입니다. 한편 패턴 2는 설명할 말을 엄선한 데다 캐릭터의 몸동작을 사용한 문장이지요.

패턴 2의 작성법을 잘 기억해 주길 바랍니다.

42 전투 장면을 잘 쓰지 못해서 '턴제' 방식이라고 놀림받는데, 전투 신을 살리는 비결은 무엇입니까?

A 서술자의 시선을 한 사람의 캐릭터에 고정하도록!

A는 파친코를 계속 돌렸는데, B는 게임이 끝나기 직전 교환했다는 식의 '턴제' 방식이라면 아무래도 '해설' 같은 글이 되고 말겠지요?

해설서처럼 되는 걸 막기 위한 효과적인 방법은 이렇습니다.

'서술자의 시선을 한 사람의 캐릭터에 고정시키고 캐릭터가 맛본 감각과 감정까지 쓰는 것'입니다.

요컨대 베틀하는 누군가 한 사람의 시선(예를 들어 주인공의 시선)이 되어 그의 눈에 비친 영상과 캐릭터가 몸소 겪은 감각 그리고 마음의 동요를 서술하는 겁니다.

도중에 시선을 다른 캐릭터로 옮기면 안 됩니다.

이해를 돕고자 두 개의 문장을 비교해 볼게요.

먼저 '턴제'의 베틀 신을 간명하게 써 보겠습니다.

- 패턴 1

아키오(明夫)의 체력은 이미 한계에 달했다.

제대로 몸을 가눌 기력도 없으면서 펀치는 계속 날렸다.

대수롭지 않게 그 주먹을 받은 하루카(ハルカ)는 실쭉 웃는다.

하루카는 즉시 강렬하게 하이킥을 날리며 반격했다.

그 발차기를 막강한 가드로 막아낸 아키오는 한쪽 발로 지탱하고 있던 하루카의 다리를 향해 우려치듯 잽싸게 로킥을 날렸다.

대충 이런 느낌이겠지요. 이른바 너 한번 나 한번 돌아가는 식의 '턴제'를 쓰면 독자에게 베틀의 '상황을 이해시

킬' 수는 있을지언정 베틀 신의 '열기를 전하는' 일은 할 수 없어요.

그럼, 위와 똑같은 상황에서 '시선을 아키오한테서 떼지 않고 그의 감각과 감정을 적어 넣는' 방식을 취하면 어떻게 될까요?

아래에 예문을 적을 테니 한번 읽어 보세요.

• 패턴 2

'이거, 큰일이군. 체력이 다 됐는걸. 부디 이 한 방으로 끝나길!'

마음속으로 이렇게 외친 아키오는 잠시 숨을 고르며 생각을 한곳으로 집중시켰다. 그러고는 끌어모은 에너지를 한꺼번에 터트린다는 생각으로 온 힘을 다해 펀치를 날렸다.

하지만 하루카는 그 주먹을 대수롭지 않게 받아넘기더니 실쭉 웃는다.

'이 녀석, 설마 내 펀치를 간파하고 있었던 건가….'

온몸에 소름이 돋은 바로 그 순간 획 하고 바람 가르는 소리가 들렸다.

그와 동시에 하루카의 하이킥이 눈앞에 들이닥쳤다.

'이런, 어서 피해!'

아키오는 재빨리 가드를 들어 어찌어찌 하이킥을 막아
냈다.

배트로 얻어맞은 충격. 아키오의 주먹은 삐걱거리고 어
깨뼈는 빠지기 일보 직전이다.

'파워가 어마어마하군. 이 녀석, 괴물인가!'

'가드가 한발만 늦었어도 시합이 끝났겠는걸.'

'하지만 지금, 이 순간 기회는 나한테 있어.'

'자, 받아랏. 이 괴물 녀석아!'

아키오는 무방비상태인 하루카의 한쪽 발을 겨냥해 마
지막 로킥을 날렸다.

이번엔 어떤가요? 베틀 신은 같아도 인상은 상당히 다
르지요.

43 예술 작품을 매력적으로 표현하고 싶은데, 요령이
있나요?

A 작품에 감동한 사람들의 '행동'을 쓰면 효과적.

우선 예술 작품을 매력적으로 표현하기 위해서는 미리
준비해야 할 몇 가지 일들이 있습니다. 나중에 글을 쓸 때
꼭 도움이 될 것입니다.

- 제재로 하는 예술에 관한 정보나 자료를 많이 모은다.
- 현지 취재를 통해 작품을 리얼하게 체감한다.
- 작품에 감동한 이유나 그 순간의 심정을 기록해 둔다.

다음은 집필의 요령인데, 의외로 단순합니다. 즉 예술

작품의 우수성을 설명하는 묘사 이외에도 그 예술품을 접한 사람들의 '동작'을 쓰면 매우 효과적입니다.

예컨대 아름다운 그림 한 폭에 대한 '설명'을 쓴다면,

- 누가 언제 그린 작품으로서
- 어떤 터치(특징)로 무엇이 그려져 있고
- 크기는 어느 정도이고
- 어느 부분이 인상적인지

등을 적어 둘 필요가 있어요. 그래 거기서부터 그림 앞에 서 있는 사람의 '행동'을 쓰는 것입니다.

- 그림 앞에 섰을 때 깜짝 놀란 표정으로
- 숨이 멎은 듯 곧이 비켜서
- 반소매 셔츠를 입은 팔에는 소름이 돋고
- 그대로 한참 멍하니 서 있는 사이에
- 뺨을 타고 눈물이 흘러내린다
- 저절로 애인이 떠오르자, '너랑 같이 보고 싶은 걸 찾았어'라고 메일을 보낸다

이런 느낌으로 '몸동작'을 쓰는 거죠. 그러면 얼마나 인상적인 그림인지 독자에게 바로 전달되겠죠?

여기에 덧붙여, 메일을 보내는 사람 옆에 살짝 누군가 다가와서 대화하는 장면을 넣으면, 더욱더 그림의 예술적 가치가 전해진답니다.

"이 그림은 정말이지 사람 마음을 파고들지 않나요?"
"무슨 말씀이신지?"
"나도 처음 이 그림을 봤을 때는 절로 눈물이 났거든요."

어떤가요? 공감되죠? 이처럼 예술 작품을 표현할 때는 작품에 대한 설명뿐만 아니라 그것과 접촉한 이들의 '마음의 움직임'까지 써야 합니다. 꽤 효과적이니 한 번쯤 시도해 보세요.

적어도 '나는 감동을 받았다'는 식으로 '감정'을 직설적으로 쓰지는 말아야 해요. 어디까지나 '행동'에 주목하는 게 핵심입니다.

44 조사한 지식을 그대로 사용하면 이상한가요?
그것을 소설에 잘 살리는 법을 알려 주세요.

A 남한테 얻은 지식은 요리로 치면 '식자재',
식자재는 자기 손으로 직접 요리하자.

일단 네트워크상에서 사진 촬영법에 관해 알아봤다고
가정해 볼까요?

'카메라의 셔터 버튼을 누르면 사진이 찍힙니다.'라는
설명이 붙어 있다고 칩시다.

이 설명의 '표현법'을 '사진기의 셔터 버튼을 누르면 사
진을 찍을 수 있어요.'로 조금 바꿨다고 크게 문제 될 건
없겠지요.

그런데 창작자로서는 어떤가요?

취재로 알게 된 지식은 요리로 치면 '식자재'와 마찬가지인데, 자기 나름의 방식으로 '요리'해서 창작의 희열(과 괴로움)을 맛봐야 하는 게 아닐까 싶습니다.

예를 들어 볼게요.

"찍고 싶은 것에 렌즈를 대고 이 버튼을 살짝 눌러 봐."

아키오는 이제 막 5살이 된 하루카에게 셔터 버튼이 있는 곳을 알려 주었다.

"응."

하루카는 기쁜 듯 눈을 가느다랗게 뜨고는 버튼 위로 작은 손가락을 갖다 댄다.

찰칵!.

듣기 좋은 셔터 소리가 울리자 후방 모니터에 하루카가 찍은 경치가 비친다.

이런 느낌으로 쓰면 별다른 문제가 없을 테니, 제대로 된 창작이라 할 수 있겠지요.

한마디 더 하자면, 소설가는 지식이 필요할 때 인터넷, 서적, 타인의 취재 등에서 정보를 얻는데, 나는 그렇게 얻은 지식을 최대한 체험하려고 노력합니다.

그러니까, 나는 컬링을 모티브로 한 소설 『아오모리의 드롭 키커스(青森ドロップキッカーズ)』를 쓰기 전에, 빙상 스포츠인 컬링을 직접 몸으로 느껴 보고자 아오모리(青森)로 갔었답니다.

컬링 경기장의 서늘한 공기, 스톤의 중량감, 객석과의 거리감, 얼음 표면에 만들어진 작은 요철…. 그런 감각을 생생하게 맛본 것과 그렇지 않은 것은, 그 후 직조해 내는 문장의 격이 완전히 달라집니다.

더 나아가, 자신이 체험한 만큼 인생도 다채로워질 것입니다. 인생을 즐기기 위해서라도 가능한 한 실제로 당신의 몸으로 맛볼 것을 권합니다.

45 문장 쓰는 법이 초점을 잃고 흔들리곤 해요.

A 음악의 파워를 이용하자♪

이번엔 '문체의 흔들림' 파트네요. 프로도 자주 빠지는 함정이죠. 문체가 흔들리는 가장 큰 이유는 작자의 마음 상태가 일정치 않은 탓입니다. 항시 마음의 상태가 같다면 문체가 흔들릴 일도 없으니까요. 원인을 말했으니 빨리 여기서 탈출하는 방법도 전수하겠습니다.

한마디로 음악의 힘을 빌려 마음의 동요를 없애는 것입니다.♪

집필하고 있는 소설과 분위기가 딱 들어맞는 BGM을

고르는 거죠. 배경음악은 한 곡도 좋고 여러 곡도 좋아요. 아무튼 '이야기와 비슷한 텐션의 곡'을 모읍니다.

나는 매킨토시(Macintosh)의 아이튠즈(iTunes)를 쓰고 있기 때문에, 소설의 제목을 붙인 '플레이 리스트'를 만들어 그걸 선곡집으로 삼아요. 그렇게 곡 선정이 끝나면 집필에 앞서 매번 그 리스트를 재생합니다. 음악을 들으며 여유롭게 커피를 마시거나 하면서 20~30분 정도 가만히 앉아 있죠. 그사이 내 마음은 소설에 알맞은 긴장감을 되찾습니다. 음악에 이끌려서요.

그다음은 그냥 평소대로 글을 쓰면 OK! 문체가 초점을 잃고 흔들릴 걱정은 접어 두어도 됩니다. 집필에 집중할 수 있다면 음악을 들으면서 써도 되지만, 음악을 끄고 평온한 상태에서 쓰는 게 더 좋겠죠. 유튜브에도 BGM으로 쓸 만한 음악이 많이 올라와 있으니, 작품에 어울리는 곡을 찾아서 이용하는 것도 방법이랍니다.

46 문장력을 향상하려면 평소 무엇을 해야 할까요?

A 많이 읽고 쓰며 시인으로 살자

흔히 '소설가가 되려면 무엇이 가장 중요합니까?'라는 질문을 듣는데, 내 대답은 이렇습니다.

① 책을 많이 읽을 것
② 글을 많이 쓸 것
③ 시인처럼 나날의 마음 한 조각의 떨림까지 온몸으로 꼼꼼히 맛볼 것

위의 세 가지는 문장력 향상에도 도움이 됩니다. ①과 ②는 당연한 것이니, 여기서는 ③만 주목합시다.

소설 쓰기는 장면을 묘사하여 캐릭터의 마음의 파동을 그리는 것이기도 하니까, 평소 자신의 마음의 흔들림이 '신체'로 어떻게 드러나는지 찬찬히 관찰하는 게 유용합니다. 자기 몸과 마음을 이용하여 '취재'하는 것이라도 할 수 있어요.

예를 들면 이렇습니다.

늦여름 길바닥에 죽은 매미가 나동그라져 있다고 가정해 보겠습니다. 만약 당신이 그 광경을 보면 무엇을 생각하고 마음은 어떻게 흔들리는지? 또 신체의 어느 부위에 어떤 감각이 살아나는지? 하나하나 음미합니다. 그럼 실제로 집필에 임했을 때 당신의 뇌리에 캐릭터들이 느끼는 기분의 파장이나 신체의 감각이 생생히 이미지로 떠오를 거예요. 결국 인물을 더 리얼하게 묘사할 수 있겠죠.

나는 소설을 쓸 때 되도록 '감정'을 쓰지 않습니다. '나는 슬프다'거나 '나는 분하다' 등은 피합니다. 그 대신 슬플 때나 분할 때 신체의 어디에서 어떤 움직임과 감각이 일어나는지를 씁니다. 왜냐면 캐릭터의 감정은 직접적인 표현보다는 간접적인 묘사를 통해 '실제적으로' 전해지기 때문입니다.

그럼, 구체적인 예문을 써 볼게요.

우선 패턴 1은 말하고자 하는 바를 돌직구로 쓴, 아주 흔한 실패 사례입니다. 패턴 2는 비유나 '신체의 감각', '신체의 움직임'을 커브를 구사하며 쓴 방법이고요.

• 패턴 1

녀석은 사람을 깔보는 듯한 말을 했다. 나는 매우 분했지만 도리어 미소를 지어 보였다.

• 패턴 2

녀석이 내뱉은 말에는 사람을 깔보는 듯한 '가시'가 돋쳐 있었다. 그 음습한 가시는 내 가슴팍 여울에 콕 박혀 아리도록 찡한 독을 퍼트렸다. 나는 고통을 견디면서도 겨우 미소만은 유지한 채 아무렇지도 않은 척했다. 하지만 탁자 아래로 감춘 손은 손바닥에 손톱이 파고들 정도로 꽉 움켜쥐고 있었다.

어떻습니까? '분하다'고 쓰지 않은 패턴 2가 분함이 잘 전달되죠? 독자의 머릿속에서 이야기가 영상화되었을 것입니다.

인간의 신체는 '감각기관'이므로 희로애락과 같은 어떤 감정이 일어나면 몸에도 어떤 감각이 생겨납니다.

화가 났을 때는 머리로 피가 솟구치는 느낌이 들고, 행복의 절정에 다다랐을 때는 무중력 상태처럼 둥둥 떠 있는 느낌이 들잖아요.

그 밖에도 남과 말다툼을 했을 때, 개가 짖었을 때, 좋아하는 사람을 만났을 때, 산들바람에 기분이 좋아졌을 때, 맛있는 밥을 먹었을 때, 졸린 데도 일하러 가야 했을 때, 길가에 핀 민들레가 눈에 들어왔을 때… 등등 그야말로 온종일 셀 수도 없을 만큼 많은 '작은 마음의 동요'가 끊임없이 일어나죠. 그 일상을 하나하나 정중히 '몸으로 맛보는 습관'을 들입시다.

사실 나는 싫은 감정이 들 때 차분히 마음을 관조하며 맛보려고 애씁니다. 괴로울 때, 슬플 때, 분할 때…, 자신의 몸과 마음의 감각에서 도망치지 않고, 곰곰이 마주하고 '신체의 감각'을 관찰하는 거죠.

예를 들면 이런 식입니다.

아, 지금 난 비참함과 노여움과 억울함을 간신히 참고 있구나. 커다란 손이 목구멍 깊은 곳을 내리누르듯 숨이 가빠지는 걸 보니…, 명치 끝에서 검붉은 먹구름이 소용돌이치듯 숨이 콱 막혀 와….

아무리 힘들더라도 몸과 마음의 불쾌한 느낌을 진득이 맛보는 거죠. 그런데 참으로 이상합니다. 불쾌한 감정에 금방 질리거든요. '이 감정은 충분히 맛봤으니 더는 필요 없어' 하며 그만 손을 놓는 겁니다. 마음속에서 소화되어 스르르 응어리가 풀리는 느낌이랄까요?

불쾌한 감정을 되도록 빨리 몰아내고 유쾌한 삶을 영위하고 싶다면 이 방법이 직방입니다. 알아서 손해 볼 일은 없어요. 약간 자학적이긴 해도 소설을 쓰기 위한 '취재'도 되고, 마음을 정화하며 가볍게 하는 데 절대적인 효과가 있습니다.

COLUMN 4 소설을 더 읽고 싶다!

좀 부끄럽지만, 소설가가 되고 나서 소설을 읽는 양이 현저하게 줄어들었다는 말을 해야겠네요.

수많은 이유 중에 아래의 세 가지가 가장 큽니다.

하나는, 매일같이 오로지 글만 써 대서 '좀처럼 책을 읽을 시간이 없나'는 겁니다.

저번에 아주 유명한 대작가의 에세이를 읽었는데, 오전에는 소설을 읽고, 오후에는 소설을 쓴다는군요. 그런 여유, 정말이지 부러울 뿐! 분명 그 선생님은 펜 굴리는 속도가 남다르겠죠. 아니면 내가 엄청 느릴 수도….^^

두 번째는, 소설 집필을 위해 미리 읽어 둬야 하는 '자료'가 수두룩 쌓여 있어서지요. 그쪽을 빨리 처리하지 않으면 취미로 읽는 책에는 손도 못 댈 테니까요.

참고할 문헌으로 전문 서적까지 읽는 건 상당한 시간을 쏟아붓는 거랍니다. 전혀 관심이 없는 분야의 책이면 더 큰일이죠. 졸음과 씨름하는 데도 상당한 기술이 필요하거든요.^^* 게다가 요즘에는 인터넷에서 보충할 만한 정보를 찾고 읽느라 꽤 시간이 들어요.

세 번째는, 질 높은 문장으로 짜여진 소설을 읽으면, 그 작가의 문체에 나도 모르게 끌려가기 때문입니다.

소설가가 손을 댄 문장에는 그 사람만의 아름다운 리듬과 온기, 빛깔과 내음, 그리고 물기 같은 것들이 있어요. 이에 흠뻑 빠진 상태에서 막상 자신의 원고를 쓰려고 들면, 자칫 그와 닮은 표현이 나와서…. 자신이 쓴 글을 나중에 읽어 보고는 고치고 또 고치면서 시간을 헛되이 흘려보내는 거죠. 그러니 소설을 집필하는 기간에는 자료나 에세이는 읽어도 소설은 안 읽어요. 소설을 쓰는 것보다 읽는 걸 훨씬 좋아하는데도 말이죠.

아, 이제는 나도 소설을 읽고 싶다~^^

STEP 5

원고를 쓰다 Part 2

갑자기 글이 잘 써지지 않는다면

47 펜이 멈춰 버리면 어떻게 하나요?

A 집필과 전혀 상관없는 것으로 리후레쉬♪
　　단, 포기할 줄도 알아야….

　펜이 무겁다. 혹은 딱 멈춰 버린다. 이런 일은 다반사니 (마감일이 임박할 때가 아니면) 너무 당황하지 말고, '아흐, 또 시작이네…' 하는 마음으로 헤쳐 나가는 겁니다.

　내 경험상, 아무리 해도 써지지 않는다면 얼른 '집필과 상관없는 일을 하는 것'이 그나마 차선책입니다.

　개인적으로 몇 가지 추천드립니다.

- 산책. (자연에 한눈팔기)

- 헬스. (식스팩 만들기)

- 공들여 커피 내리기. (단골집에 갈 때도 있음)

- 영화, 드라마 보기. (집필 중인 작품과는 완전히 다른 장르로 아마존 프라임이나 넷플릭스 등에서 클릭!)

- 기타 치기. (서툴지만)

- 명상. (제대로 하는지는 몰라도)

- 오토바이로 동네 한 바퀴. (헬멧을 쓴 채 휘파람을 불거나 인근 바다를 보러 가기도 함)

- 드라이브 코스 돌기. (특히 차 안에서 나 홀로 노래방)

- 이 닦기. (양치질하면 뇌가 재충전된다나…?)

위에 열거한 것 중 하나를 해 보고 나서 다시금 책상에 앉습니다. 그러면 신기하게 글이 잘 써져요. 만약 그래도 안 되면 잽싸게 현실 도피! 이불을 뒤집어쓰고 잠깐 눈을 붙이는 게 최선입니다! ^^

48 집필 중인 작품에 질리거나 끝까지 쓰지 못한 적이
있나요?

A 쓰다가 싫증 난 이야기는 미련 없이 버릴 것!

집필이란 작업에 질리는 건 거의 매일 겪는 일입니다.^^
소설을 쓰려면 강도 높은 집중력을 장시간 지속해야 해
서 몸과 마음 모두 닳을 대로 닳아 남아나질 않거든요. 머
리는 멍해지고 목, 어깨, 허리는 뻣뻣하게 굳고 정신도 너
덜너덜해요.
도망치고 싶다는 생각이 늘상 따라다니죠. 그래도 난
프로니까 그럴 수도 없지요. 당장 죽을 것 같아도 어떻게
든 써냅니다. 탈고의 순간에 찾아올 '장밋빛 세상의 감미
로운 순간'을 실컷 즐기는 거죠.^^

그러면 '작업에 질리는' 일은 있어도 '이야기 자체에 질리는' 일은 좀처럼 일어나지 않아요. 왜냐하면 '캐릭터 설정'을 확실히 해 두어서 캐릭터들과 그들이 사는 세상 모두를 이미 사랑하고 있기 때문입니다. 그들이 어떤 삶을 살아갈지 나조차도 궁금하거든요. 그런 의미에서 '이야기 자체에 질리는' 일은 거의 없다고 봐야겠죠.

만약 이야기에 싫증이 났다면 그 작품은 이미 써야 할 의미를 잃은 것이기에 한시라도 빨리 버리고 새롭고 매력적인 다른 이야기를 창조하는 데 힘을 쏟는 편이 낫다고 생각합니다.

글 쓰는 이가 싫증을 내는 이야기를 돈과 시간을 들여 읽어 달라고 할 수는 없는 노릇이잖아요. 독자에게 예의를 갖춰야 합니다. 비록 독자가 돈을 쓰지 않았다 하더라도 작품을 어딘가에 발표할 계획이라면 독자한테 '읽기 위한 시간'을 빼앗을 가능성 또한 적지 않다는 것까지 고려해야죠. 그 '시간'은 독자의 한정된 수명의 한 부분, 그러니까 '생명의 일부'와 마찬가지거든요.

내 소견으로는 별생각 없이 어설픈 작품을 내놓으면 안 될 것 같은데, 당신은 어떤가요?

49 매일 2,000~3,000자의 집필 속도는 느린 건가요?

A 전혀 늦지 않을뿐더러 오히려 프로급!

이해를 돕기 위해 단행본 1쪽 분량의 글자 수가 650자인 300쪽이 되는 장편을 쓴다고 가정합시다. 650자 곱하기 300쪽은 합계 195,000자가 되지요? 연간 장편 3권을 쓰는 작가가 한 권당 100일이 걸린다고 치면 하루에 써야 하는 글자 수는 1,950지가 됩니다.

이것은 무엇을 의미할까요? 매일 2,000~3,000자를 한결같이 쓸 수 있다는 건 해마다 장편 소설 3권을 내는 프로 소설가를 웃도는 집필 속도를 뜻합니다. 그러니 자신감을 가져도 될 것 같습니다.

여기서 잠시 모 베테랑 소설가의 얘기를 하자면, 술을
마시던 그가 내게 이런 말을 한 적이 있어요.

"모리사와 씨, 매일같이 원고용지로 5매(합계 2,000자)는
써야 진정한 프로라고 할 수 있겠죠?"

글쓰기가 더딘 나로서는 억지웃음을 지으며 이렇게 웅
얼거릴 수밖에 없었습니다.

"그, 글쎄요….."

기세에 눌려 움츠러들었다는 사실은 비밀에 부쳐 주길
바랄게요.

$\mathcal{50}$ 집필에 사용하는 편리한 소프트웨어(애플리케이션)가
있다면 알려 주세요.

$\mathcal{A}$ 유의어사전을 추천!

내가 사용하는 컴퓨터는 매킨토시입니다. 소설처럼 긴
원고를 쓸 때는 '아이텍스트(iText Express)'를 쓰고요. 이
소프트웨어의 글자 방향을 '세로쓰기'로 해 둡니다.

이렇게 작업하면 마치 책장을 넘기듯 오른쪽에서 왼쪽
으로 스크롤할 수 있으니, 작성 중인 원고가 책으로 나왔
을 때의 느낌을 이미지로 떠올리며 쓸 수 있어 좋아요. 이
와 비슷한 기능의 워드프로세서 소프트웨어는 많겠지만,
한번 몸에 익히고 나니 당장 바꿀 재간이 없네요.

어디 좋은 소프트웨어가 있으면 추천해 주세요. 가끔씩

맥용 워드를 사용하기도 하는데, 이는 짧은 에세이를 연재할 때 전용입니다.

참고로 웹사이트에 발표할 원고를 쓸 때는 워드의 가로 조판 그대로 씁니다. 발표 매체의 편집이 가로 방향이라 원고도 가로쓰기를 하죠. 가로쓰기와 세로쓰기는 같은 문장이라도 완전히 맛이 다르므로 발표 매체에 맞추는 것이 좋답니다.

예를 들어, '愛してる(사랑해)'라는 글자도 가로와 세로로 쓰면 이렇게 달라요.

愛してる。
사랑해

愛してる。
사랑해

가로쓰기의 '愛してる'는 가벼워서 팝한 느낌이 들지만, 세로쓰기의 '愛してる'는 말이 무게가 있어서 젖어 들지 않나요? 아주 사소해 보여도, 이 차이는 책 한 권을 다 읽고

나면 생기는 인상에 크게 영향을 미칩니다. 그래서 난 발표할 매체에 따라 워드의 글자 방향을 바꿔 가며 설정합니다. 물론 기계적인 활자보다 자연적인 서예에서 가로세로의 변화를 근본적으로 체감할 수 있는 법인데, 여기서는 논외로 하겠습니다.

그리고, 나는 『일본어 대시소러스 유의어 검색 대사전(日本語大シソーラス 類語検索 大辞典)』을 사서 컴퓨터에 깔아 놓았어요. 아무리 해도 문맥에 딱 들어맞는 말이 떠오르지 않을 때 의지하는 편리한 소프트웨어랍니다.

51 아날로그와 디지털을 어느 정도로 나눠 쓰나요?

A 원고와 사진은 디지털이고
취재 메모, 그림, 지도는 프리핸드의 손글씨.

취재할 때는 링으로 엮은 작은 (B6 정도의 사이즈) 노트에 볼펜을 재빨리 놀려 내용을 따라갑니다.

메모장은 비에 젖어도 괜찮고 땅에 떨어뜨려도 망가지지 않아요. 스마트폰에 입력하는 것보다 빠른 데다가 배터리 수명이 다 될 위험도 없고요.

문제라면 글씨가 형편없다는 겁니다. 내가 쓴 글자인데도 나중에 알아보지 못하는 일이 비일비재해서 참으로 곤란하답니다.^^

그밖에 다른 일은 기본적으로 디지털을 이용합니다. 개

인용 컴퓨터에 문자를 입력하는 속도는 안 보고도 상당히 빠른 편이죠.

새로 작품에 들어갈 때는 이야기의 무대가 되는 '지도' 랑 집과 가게의 '배치도'를 그려 두는 일이 많은데, 그건 손으로 직접 그리니 참고하세요. 실은 이것도 디지털로 하면 좋을 텐데, 애석하게도 나한테는 아직 그만한 기술 이 없거든요.TT

52 '읽기 쉬운 문장'이 작품을 살리는 무기가 될까요?

A 잘 갈고 닦으면 무기가 되겠지만….

누군가 내게 '작품의 무기 = 읽기 쉬운 문장'이냐고 묻는다면 '아니다'라고 답하겠어요.

'작품의 무기'가 되는 요소 가운데 하나로 '읽기 쉬운 문장'을 꼽을 수 있지만, 그밖에 심정이나 풍경을 리얼하게 전달하는 '표현력'이나 과녁을 맞히듯 적확한 말을 고르는 '어휘력', 독자를 끌어당길 만큼 이야기를 전개하는 '구성력'도 들어가거든요. 당연히 '캐릭터를 만들어 내는 힘'도 포함될 거고요.

그래도 '읽기 쉬운 문장을 쓸 수 있다'는 건 그야말로 더할 나위 없이 훌륭한 무기이므로 문필가라면 그러한 기술을 끊임없이 연마해야 한다고 생각합니다.

한 가지 덧붙이자면, '신인상 전형에서 문장력(읽힘새)은 그다지 중시되지 않는다'는 말(소문?)을 들은 적이 있는데, 그럴 리가 없다는 게 내 생각입니다.

필시 그 말의 본뜻은 '신인상을 받을 수준의 작자는 최소한 문장력(읽힘새)은 갖추고 있어야 한다. 그러니 심사는 문장력 이외의 필력으로 판단하는 경우가 많다'가 아닐까 싶습니다.

'읽기 쉬운 문장'은 갈고 닦으면 '무기'가 됩니다. 읽힘새가 떨어지면 아무도 읽지 않을 테니, 최대한 신중하게 말을 고르고 능숙하게 엮어서 술술 읽히는 문장을 쓸 수 있도록 연마합시다.

COLUMN 5 생활 사이클은 '자유형'

　듣자 하니, '아침형' 인간과 '올빼미형' 인간은 DNA로 결정된다고 하더군요. 이 뉴스를 네트워크에서 처음 접한 순간 '어쩐지!' 하고 무릎을 쳤습니다.

　어릴 적부터 오전 중에는 머리가 잘 돌아가지 않고 몸도 깨어나질 않아 멍한 상태로 하루를 시작했거든요. 그런데 저녁만 되면 머리며 몸이며 엄청난 속도로 깨어나서는 '이제 슬슬 시작해 볼까' 하는 겁니다. 그러다 한밤중 2시경에는 최고조! 이때가 펜이 가장 빨리 달리는 시간대입니다.

　내 주변 소설가만 놓고 봐도 규칙적으로 일찍 일어나서 아침에 원고를 쓰는 사람이 있는가 하면 밤이 아니면 절대로 글이 써지지 않는 사람이 있어요. 그런데 애초에 '올빼미형' 생활이 가능한 사람은 전업 작가밖에 없잖아요. 집필 말고도 본업이 따로 있다면 낮 동안에 일을 해야 할 테니까요. 아무리 생각해도 전업 작가의 길로 들어서길 잘했다는 생각이 듭니다.

그런데 이렇게 타고나기를 '올빼미형'인 나는 최근 20년간 '자유형' 방침으로 살아왔습니다.

수마가 엄습하는 '한계'에 달해서야 기절한 사람처럼 잠들어서는 알람을 맞추지 않고 잘 때까지 자는 사이클로 생활한 거죠. 아침, 점심, 저녁 개념을 완전히 버리고 오로지 몸이 원하는 대로 살아온 셈입니다. 그랬더니 몸 상태가 엄청나게 좋아졌어요.

컨디션이 좋으면 기분도 최고!

앞으로도 이런 생활은 못 버릴 거예요. 문제는 담당 편집자가 내가 언제 자는지 알지 못해서 연락은 전화가 아닌 메일로 한다는 겁니다.^^

그러다가도 문득 수다를 떨며 기분 전환하고 싶다는 생각이 밀려올 때가 있어요. 원고가 잘 안 써져서 속이 타들어 갈 때가 그런데, 한밤중이나 이른 아침에 누가 내 전화를 받아 주겠어요?

그럴 때는 트위터나 인스타그램을 들여다보는 걸로 누군가와 대화를 나눈 셈 칩니다. 독자 여러분이 내 부족한 원고에 감상이나 격려의 말을 남긴 글을 마주하면 답답한 마음이 확 풀리는 것만 같아요. 그와 동시에 에너지도 받으니 밤마다 에고 서핑을 하는 거죠.^^

그래서 감사한 마음을 눌러 담아 '좋아요'를 꾹 하고. 그러고는 다시금 집필의 늪으로 발걸음을 돌리는 나날을 보내고 있습니다.

STEP 6

다듬어 고치다

53 퇴고할 때, 고치는 양은 어느 정도가 적당할까요?

A 분량은 상관없고 마음에 들지 않는 곳은 싹 다.

내가 아는 소설가 가운데 마지막까지 글쓰기를 마치는 것을 최우선 과제로 삼는 사람이 있어요. 완성된 글을 거듭 읽어가며 다듬어 고치는 퇴고 작업은 글을 다 마치고 나서 한다는군요.

탈고할 때까지는 다듬거나 고치지 말자 주의인 셈이죠. 이유는 아주 단순한데, 집필 중에 살짝살짝 퇴고를 거듭하면 펜 놀림이 더뎌지기 때문이랍니다. 그 친구도 보통 세 번은 탈고 후에 퇴고 과정을 거친다네요.

소설을 쓰고 있는(쓰고 싶은) 사람 중에 '작품을 마지막까지 다 쓸 수 없는' 고민을 안고 있는 사람이 많은 것 같던데, 그런 사람은 위의 소설가처럼 탈고 후에 퇴고하는 편이 나을 거예요. 펜이 움직이는 걸 최우선으로 삼고 일단은 글을 써 버리는 거죠. 세부적인 완성도에 대한 고민은 잠시 접어 두고요.

나 같은 경우는 오늘 원고 10장을 썼다면 내일 집필에 앞서 오늘 쓴 10장 분량의 원고를 다듬어 고칩니다. 그런 식으로 이어 11장째 집필에 들어가죠. (구체적인 점검 사항은 Q 58과 Q 60에서 소개하겠습니다) 앞에서 쓴 분량을 퇴고하는 사이 글 쓰는 이의 긴장을 그 작품에 조율할 수 있는 게 큰 장점이에요.

원고를 다 쓰고 나서 탈고할 즈음에는 거의 완전한 상태가 되는데, 다시 원고 전체를 두세 번 다듬습니다. 아주 조금이라도 수정해야 한다고 생각이 드는 곳은 몽땅 고칩니다. 그리하지 않으면 탈고해도 개운치가 않아요.

54 고치고 싶은 문장이 눈에 띄어도 더 좋은 표현이 떠오르지 않아요.

A 소설을 온몸으로 들이마시자!

문장에서 고치고 싶은 곳을 찾았는데도 왜 좋은 표현이 떠오르지 않을까요? 아마 이상적인 문장을 만들기 위한 어휘력이 부족한 탓이겠죠. 이는 문장의 본보기를 꾸준히 익히면 되므로 달리 걱정할 필요가 없어요.

문예 작품을 읽고 또 읽고 마구 읽읍시다. 우선 당신이 최고의 문장이라고 생각하는 작가를 찾아내 그의 작품을 모조리 읽어 보세요. 그러고서 여러 유형의 글쓰기를 온몸으로 들이마시듯 폭넓게 읽을 것을 추천합니다.

소설가 한 사람의 문체만 고집하면, 필시 그와 비슷한

문장이 나오겠죠? 크리에이터식으로 재탕하는 건 재미없잖아요. 온갖 고생 다하며 창작한 만큼 자신만의 문체로, 자신밖에 쓸 수 없는 독특한 작품을 이 세상에 내놓아야 한다고 생각합니다. 그러기 위해 동서고금의 뛰어난 소설이란 소설은 싹 다 들이켜 주세요.

나도 대학 시절에는 무려 5년에 걸쳐 연 400권의 책을 읽었죠. 그때 내 뇌수를 통과한 약 2,000권 분량의 단어와 표현은 지금 내 피와 살이 되었습니다.

수많은 프로 작가들이 고뇌하며 엄선한 낱말과 한 땀 한 땀 정성 들여 짜낸 표현의 조화…. 그 노력의 결정체를 날마다 양껏 들이마시다 보면, 저절로 글 쓰는 힘의 원천이 쌓여 갈 것입니다.

55 '공들여 쓴 문장을 지우고 싶지 않아. 지워 버리고
　　나서 후회하면 어쩌지' 하는 생각에 글을 마무리하
　　기가 힘들어요.

A 과감하게 버려라!

만약 지우고 나서 후회가 되면….

애써서 쓴 걸 지워 버리다니 아깝다….

그 기분 나도 알아요. 그래도 괜찮아요.

주저 없이 그리고 과감하게 내다 버립시다!

　나중에 읽어 보니 뭔가 석연치 않은 구석이 있다면 분
명 독자도 그렇게 느낄 것입니다. 이런 찝찝함은 '절대로'
용납할 수 없지요. 그래서 나는 다시 쓰기를 시도합니다.

지운 건 그렇다 치고 더 좋은 말이 좀처럼 떠오르지 않는 일은 다반사로 일어납니다. 이것도 저것도 아닌 가장 적확한 표현을 찾는 건 글 쓰는 이의 '숙명'과도 같은 것이니 그냥 몸을 맡기세요.^^ 머리를 싸매고 고심하는 사이 번쩍하고 하늘에서 딱 들어맞는 표현을 내려줄 테니. 그때 당신의 입에서 이런 말이 튀어나올 겁니다.

"이제야 찾았다! 이 표현이 정답이야!"

애타게 찾던 지그소 퍼즐 한 조각이 딱 제자리에 들어맞는 순간에 느끼는 '쾌감'을 맛보는 거나 매한가지예요. 그 쾌감은 소설을 진심으로 쓰는 자만이 획득할 수 있는 희열입니다. 부디 직접 느껴 보시길….

가끔 '뭐, 딱히 어딘가 이상한 건 아니지만…' 하면서 석연찮음을 안고 원고를 대할 때가 있어요. 그럼 마음에 들지 않는 곳은 세부적인 부분까지 샅샅이 뒤져서 몽땅 다시 씁니다. 미세한 조정을 시도하는 거죠.

문제는 그렇게 해도 전체적으로 아쉬움이 남는다는 겁니다. 아직도 어디가 이상한지 모르겠다! 그럴 때는 주저 없이 '전부 소거'합니다. 한 달의 반을 투자해서 쓴 한 챕

터나 되는 분량의 원고를 통째로 버립니다!

　이런 일을 얼마나 많이 되풀이했는지 모릅니다. 물론 전체를 소거한 직후에는 '보름 동안 헛되이 씨름하다니…' 하는 마음에 탁하고 맥이 풀려요. 그래도 마음을 고쳐서 다시 써 보면 신기하게도 '100% 확률로 앞에 쓴 것보다 더 좋은 원고로 거듭나는' 걸 알게 될 거예요.

　석연찮은 구석이 있으면 다시 쓴다!

　경험상, 이 방법이 유일무이한 정석이라고 생각합니다.

56 퇴고가 중요한 건 알지만, 서툴러서 작업 자체에 흥미를 잃어요.

A 퀄리티를 높일 필요가 없다면 퇴고는 안 해도…

그 기분 알 것 같아요. 퇴고는 분명 '재미있는 작업'은 아니죠. 그래도 세상에는 퇴고를 즐기는 부류도 있어요. 작품에 대한 집착이 강해서 '오타쿠 기질'과 같은 근성을 온몸에 장착한 사람들 말입니다.

그런 사람들은 누가 뭐라 하지 않아도 고집스레 덧쓰고 고쳐서 작품을 갈고 닦는 데 온 힘을 쏟아부어요. 가필과 수정을 거듭하여 반짝반짝 광이 날 때까지 발버둥 치는 거죠. 그렇게 해서 아주 조금이라도 작품에서 빛이 나면 그걸 자기만족으로 삼고요. 이런 데서 쾌락을 찾는 유형은

설령 퇴고가 성가시더라도 글을 고치고 다듬는 일을 멈출 수 없겠지요.

사실 나도 그 비스름한 종자입니다. 이를테면 '귀차니즘에 빠진 집념파'라고나 할까요?^^ 하지만 아무리 이런 나라도 퇴고만 하라고 하면 바로 흥미를 잃고 말겠죠. 재미는 퇴고를 포함한 창작 전반에서 찾아지니까요. 요컨대 창작이라는 행위를 멀리서 조망할 수 있기에 그 일부인 퇴고 작업도 끈질기게 매달릴 수 있다는 말입니다.

기왕 시간과 노력을 들여 무언가를 만들 바에 스스로 인정할 만한 퀄리티로 매듭을 짓자는 게 평소 내 생각입니다. '기분이 업!'되는, 그에 상응하는 보상을 받고 싶거든요.

여담이지만, 내 주변의 프로 작가는 물론 화가, 뮤지션, 디자이너 중에는 이런 성격의 소유자가 많은 것 같아요.

이쯤 해서 질문 하나 던져 볼게요. 당신이 만약 소설 쓰는 일에서 '재미만'을 좇는다면 굳이 성가신 퇴고 작업을 할 필요가 있을까요?

집필이라는 나 홀로 즐기기로도 얼마든지 행복감에 젖어 들 수 있거든요. 나는 그걸로 족하다고 생각합니다. 귀찮은 마무리 작업이 필요한 경우는 보통 작품에 높은 평가를 받고자 할 때뿐입니다. 글쓰기를 좋아할 뿐 타인의 평가도 자기만족도 그다지 괘념치 않는다면 애초에 퇴고 따위는 필요하지 않습니다.

57 작품에 리얼리티가 있는지 없는지를 판단하는 기준
이 있다면 알려 주세요.

A 현실적일 필요는 없다. 이야기의 흐름이 부자연스
럽지 않으면 OK!

내가 가진 국어사전에는 '리얼리티 = 현실감'이라고 적
혀 있는데, 그렇다면 판타지적 색채가 짙은 이세계물이나
SF 같은 장르는 어떻게 되나요? 우리가 사는 세계와 다른
세계를 그린 장르는 현실에 존재하지 않는 세상을 그리고
있으니, 작품에 리얼리티가 없는 게 됩니다. 그러나 내 생
각에 '소설에 리얼리티가 있다'는 건 현실감이 있느냐 없
느냐보다는 오히려 '이야기 속에서 발생하는 사건에 전혀
부자연스러움이 느껴지지 않는 것'이 아닐까 싶어요.

예컨대 주인공인 남자와 헤로인 역할의 여자가 첫 만남에서 머리를 부딪쳐 한순간 의식을 잃었다가 정신을 차려 보니 영혼이 뒤바뀌었다! 는 (아주 흔한) 이야기를 쓴다고 칩시다.

이런 현상은 현실 세계에서는 절대로 일어날 수 없죠? 그러니 내용만 보고 '리얼리티가 없다'고 낙인을 찍어 버리는 거죠. 그럼, 이런 느낌으로 다시 쓰면 어떨까요?

시작은 이렇습니다. 예로부터 인연을 맺어 주는 것으로 유명한 어느 신사(神社)에 아주 이상한 전설이 있다는 사실을 서브 캐릭터의 입을 통해 알려 주는 겁니다. 이어 그 신사에서 연 어느 행사에 참석한 남녀가 우연히 부딪치는 겁니다. 신사의 본전 앞에서 말이죠. 두 사람의 영혼이 뒤바뀌어 거의 패닉 상태인 채 각자의 일상생활로 돌아가게 되었습니다. 물론 그들의 곤란한 처지와 달리 세상은 평소와 다름없이 순조롭게 리얼한 일상이 이어집니다. 그런데 두 사람이 '리얼한 일상' 속에서 허둥지둥 살아가는 와중에 그들의 이런저런 속사정이 드러납니다.

예를 들어 남자와 여자의 생일이 같다거나 이름이 '히로미(裕海)'와 '히로미(弘美)'로 똑같이 발음된다거나 선조

대대로 내려온 가보가 두 개로 한 쌍을 이룬다거나…. 점점 이야기가 진행됨에 따라 전국(戰國)시대를 산 조상들이 정치적 이유로 결별하게 된 연인이란 사실도 밝혀지고요. 그래서 힘을 합치기로 한 두 사람이 그들의 조상이 살다 간 시대를 조사하게 되었는데, 그러던 어느 날 고문서 하나를 발견합니다. 그 문서에 따르면 두 사람의 조상들은 강제로 헤어진 다음 목숨을 걸고 도망치다가 도피 중에 어느 신사에서 몰래 혼례를 치렀습니다.

느낌이 어떤가요?

이런 식으로 '부자연스러움을 없애기 위한 이유'를 이야기의 장면으로 쌓아가는 작업은 결과적으로 독자가 '두 사람의 영혼이 뒤바뀌는' 비현실적인 상황을 의심 없이 받아들이도록 만듭니다. 독자는 비현실적인 상황보다는 다른 것이 더 궁금해져요. 그것도 아주 많이! 다음 장면을 읽고 싶다! 는 생각에 휩싸일 테죠.

정리하자면 이건 '현실에서는 일어날 수 없는 이야기인데도 읽어 보니 리얼한 느낌이 든다'는 말입니다. 이를 구현하는 것이 소설의 재미가 아닐까 싶습니다.

58 다시 읽어도 '내가 쓴 얘기는 진짜 재밌어'라며 자
화자찬만 하니까 퇴고가 되지 않아요. 자신의 작품
을 제삼자의 관점으로 냉정하게 읽는 비법이 따로
없을까요?

A 퇴고는 재미있는지 확인하는 게 아니라 '문장 연마'.

프로의 자격으로 다소 냉정하게 말하자면…, 자신이 쓴
소설이 재미있다고 생각하는 건 당연합니다. 시시하다는
생각이 든 시점에서 다시 썼을 테니까요.

독자가 내 책을 사기 위해 소비한 돈과 시간(=생명의 일부)
의 가치를 웃도는 수준의 이야기를 썼다! 는 확신이 서지
않으면 출판은 꿈도 꾸지 말아야죠. 아주 조금이라도 작
자 자신이 '이거 시시한데'라고 느낀 소설에 돈과 시간을

낭비하게 하면 독자에 대한 예의가 아니죠. 처음부터 독자한테 '손해를 입히겠다'고 작정하고 상품을 내놓는 거나 마찬가지니까요.

여기까지가 본론에 앞서 약간 엄격하게 말한 것이고, 이제는 질문에 답해 보도록 하겠습니다.

자신이 쓴 이야기야 으레 재밌겠죠. 하지만 퇴고는 그 이전의 문제로서, 원고를 손질하는 것입니다. 무슨 소리냐 하면 이미 재미있게 쓴 이야기를 독자가 읽기 쉽고 감동적이며 이상적으로 전달되도록 작품에 완벽을 기하는 것이란 말입니다.

글을 더욱 좋게 만들기 위해 손질하는 내용에는 문장의 리듬, 말의 순서, 구두점의 위치, 선별한 단어가 최적인지 아닌지, 캐릭터의 행동이나 대사의 무겁고 가벼운 정도, 행을 바꾸는 문맥, 복선을 까는 장소와 회수할 시간, 대화의 자연스러움… 등등 갈고 닦아야 할 요소는 엄청나게 많아요.

이런 모든 사항들을 개선하기 위해 몇 번이고 반복하여

꼼꼼히 읽거나 쭉 훑어보면서 완벽에 가까운 문장을 만들어 냅니다. 때로는 루페를 써서 정밀 기계의 부품 하나하나를 바늘 끝으로 다듬듯이, 때로는 전체를 시야에 넣고 눈에 거슬리는 티끌을 총채로 살살 털어 내듯이. 그렇게 갈고 닦은 작품은 미리 장착한 '재미'에서 '재미 이상의 무언가가 있는' 작품으로 승화되리라 믿습니다.

참고로, 작품에 집중하면 완전히 객관적인 시각을 유지하기가 어려워요. 캐릭터에 너무 가까워진 탓에 심정 표현이 과해집니다. 가령 '한밤중에 쓴 러브레터' 같은 것 말이에요. 그럴 때는 일단 잠자리에 들고 그다음 날 다시 읽어 보는 겁니다. 시차를 두면 자연히 열정이 식고 냉정함도 되찾아 객관적인 시각을 확보할 수 있거든요. 하룻밤으로 부족하다 싶으면 일주일이고 한 달이고 그대로 묵혀 두었다가 다시 읽어 봐도 됩니다.

59 문장 부호를 어디에 찍어야 할지, 시간 들여 고쳐도

잘 모르겠습니다…. 뭔가 요령이 없을까요?

A 문장 부호는 먼저 우리말을 제대로 알아야….*

　한글은 이조 때는 '개글'로 천대받다가, 일제 때는 아예 사용이 금지되었고, 지금은 영어와 뒤섞여서 국적 불명의 사생아가 된 지 이미 오래입니다.

　이를테면 정약용은 전국의 마을 이름까지 모조리 '상놈의 말'(= 우리말)을 없애고 아름다운 한자로 고쳐야 한다고 나불거렸죠. 그 후예들이 판치는 우리나라의 말은 영원히 콩가루 짬뽕 신세를 벗어나기 어렵습니다.

---

* 이 장은 한국 상황에 맞게 21세기문화원 류현석 원장님께서 써 주셨다.

이렇게 서두를 길게 적는 까닭은, 우리말이 바로 서지 않으면 쉼표나 마침표 따위가 제대로 역할을 할 수 없기 때문입니다. 어쨌든 문장 부호는 우리말의 올바른 쓰기와 관련된 것이니만큼 우리말을 잘 다루는 작가들의 문장을 필사해 보는 방법이 좋지 않을까 생각합니다.

여기서는 다만, 이 책의 성격상 내가 쓴 글을 예로 들어 '쉼표의 쓰임새'만 살펴보겠습니다.

목덜미의 거품을 헹궈 낼 때 깔깔거리면 좀만 참으라고 했던 그녀가, 지금은 이 세상을 떠나 내 의식의 그늘 저편에 더욱 깊게 자리 잡고 있다.

35년 전에 쓴 소설의 한 문장인데요. 왜 '그녀가' 다음에 쉼표를 찍었을까요? 잘 기억나진 않지만, 두 가지 이유가 있는 듯합니다. 주어부가 길고, 조사 '-가'와 '-은'이 잇따르기 때문일 것입니다.

갑자기 갈매기들이 날아오르자, 파도는 수천 마리 백마의 갈기가 휘날리듯 달리며 부서지며 모래 속으로 스며들었다.

'날아오르자' 다음의 쉼표는, 앞뒤 구절을 나눠서 시간적 차이를 두고 '갈매기'와 '파도'의 이미지를 비교 연상(=오버랩)할 수 있도록 하는 부호처럼 보입니다. 글을 쓸 때 바닷가를 거닐던 추억만 아련하군요….

1) 축 처진 갈기, 수굿한 눈동자, 닳아 빠진 발굽….
2) 비로소 내일은 어제요, 바로 오늘이었다.
3) 밤새 내리던 비가 쓸고 간, 티 없이 맑은 하늘이 너무나 무색하기만 하였다.

1)은 열거어들 사이에 쉼표가 있습니다. 시선이 찬찬히 내려가는 느낌이 듭니다. 2)는 대구 뒤의 쉼표인데, 한문 표점과 비스름합니다. 원래 한글 구두점이 한문과 일어의 영향을 받았잖아요. 3)은 쉼표를 통해 피수식어가 '티'가 아니라 '하늘'임을 나타내고 있군요.

37년 전 대학 시절의 『문장연습』에는 다음 세 가지의 경우에 쉼표를 찍는다고 나와 있으니 참고 바랍니다.

• 종속구절이나 동위구절의 끝에 찍는다.
• 독립어나 독립구절의 끝에 찍는다.
• 연결어의 끝에도 찍는 것이 좋다.

결국 문장 부호의 위치는 전체 문맥을 꼼꼼히 헤아린 후에 자기 스스로 판단할 수밖에 없습니다.

참고로, 아래에 역자님의 의견에 따라 모리사와 아키오 의 답변을 그대로 덧붙입니다.

쉼표나 마침표와 같은 구두점을 어디에 찍을지는 매우 중요해서 나 또한 예민해지는 부분입니다. 특히 구두점을 반드시 찍어야 하는 경우는 히라가나가 너무 늘어지거나 한자가 연속해서 나올 때입니다. 예를 들면 이렇습니다.

"비가 갠 오후 자동차를 닦았다.(雨上がりの午後自動車を 磨いた)"라는 문장을 놓고 보면 '오후 자동차' 부분에 한자 만 있어서 읽기 어렵지요.

"비가 갠 오후, 자동차를 닦았다.(雨上がりの午後、自動車 を磨いた)"로 쉼표를 넣습니다.

히라가나가 이어지는 경우도 마찬가지입니다.

"게다가 그자는 정처 없이 떠돌아다니는 나그네였다.(し かもそれはさすらいの旅人だった)"는 문장을 "게다가, 그자는, 정처 없이 떠돌아다니는 나그네였다.(しかも、それは、さすら いの旅人だった)"로 고칩니다.

다들 자신이 구두점 찍는 법을 잘 안다고 착각하는데, 의외로 그렇지 않아요. 의욕이 넘쳐 호기롭게 펜을 놀릴 때 저지르기 쉬운 실수니 늘 조심합시다.

구두점 중 쉼표 ','는 다른 중요한 역할도 맡고 있어요. 문장에 리듬감을 더하고 독자가 활자를 눈으로 좇는 '속도 조정'에도 제 몫을 톡톡히 합니다. 또한 쉼표 하나로 캐릭터의 감정에 미묘한 변화가 이는 만큼 구두점 찍기에 세심한 주의가 필요합니다.

아래에 두 개의 문장을 예로 들 테니, 젊은 여성의 대화문이라고 상상하면서 읽어 보세요.

"부끄럽지만, 기뻐.(恥ずかしいけど、嬉しい)"
"부끄러워. 그래도, 기뻐.(恥ずかしい、けど、嬉しい)"

어떤가요? 두 번째로 제시한 "부끄러워. 그래도, 기뻐." 쪽이 좀 더 조심스럽고 수줍은 기색이 완연하지요? 구두점은 소설을 쓰는 데 '사소한 것'으로 치부하기 십상인데, 실은 매우 중요한 '표현의 도구'입니다. 주의를 기울여 적절히 잘 써서 작품의 질을 높여 주길 바랍니다.

60 퇴고할 때 소리 내어 읽기도 하는데, 자기 목소리와
　　 음성 지원 기능 중 어느 쪽이 좋은가요?

　A 자신의 목소리로 읽으면서 리듬이나 눈으로 보이는
　　 부분도 점검.

　의외로 퇴고 시 낭독하는 사람이 많은 것 같아요. 나도
가끔은 소리 내어 읽어 봅니다. 그럼, 낭독은 언제 필요할
까요?

　① 문장의 리듬이 자기 생각대로 되어 있는지 확인하고
싶을 때
　② 문장이 술술 읽히는지 (걸리는 곳은 없는지) 확인하고
싶을 때

내 얘기를 하자면 난 낭독 기계는 사용하지 않아요. 왜냐하면 '활자는 눈으로 들어와서 머리로 이해하는 것'인 만큼 낭독할 때도 활자를 내 눈으로 직접 보고 내 뇌를 통해 확인하고 싶기 때문입니다.

소설은 '쪽 전체를 눈으로 보는 것'이 매우 중요합니다. 첫 책장을 넘겼는데, 눈에 들어온 면이 온통 한자나 히라가나투성이라면 어떨까요? 줄 바꾸기가 전혀 없으면 읽고 싶지 않을 겁니다. 꾸역꾸역 읽는다고 해도 금방 피로해지겠죠?

그래서 퇴고할 때는 기계가 아닌 자기 눈으로 페이지를 보고 활자를 좇아가며 직접 느껴 봐야 해요. '이 부분은 한자를 넣는 게 좋을까?', '역시 히라가나로 써야 하나?', '이 구두점의 위치는 최적인가?', '여기서 줄을 바꾸는 게 읽기 편하려나?' 하면서 말이죠. 스스로 물어보면서 수정할 겸 '눈으로 봤을 때 보기 좋은지 확인'도 하고요.

61 내 소설을 남에게 보여 준 후 의견을 듣고 싶지만, 부끄럽습니다. 이는 넘어야 할 장애물일까요?

A 적임자에게 보여 주는 게 더 낫다.

누군가 내가 쓴 얘기를 읽어 주면 좋겠다는 생각은 할 수 있어요. 객관적인 관점이 더해짐으로써 자신이 몰랐던 작품의 결함을 발견할 수도 있으니까요. 프로 소설가에게 '읽기 프로'인 담당 편집자가 할당되는 이유 또한 여기에 있습니다. 가능한 한 소설 읽기를 엄청나게 좋아하는 사람에게 보여 주는 게 좋겠죠. 왜냐하면 소설을 많이 읽는 사람은 그만큼 많은 '비교 대상'을 가지고 있기 때문입니다. 즉 안목이 높다는 뜻이죠. 당연히 그런 사람은 정확한 평가도 해 줄 수도 있고요.

주변 사람이 내가 쓴 소설을 읽으면 창피하다는 건 이해가 됩니다. 만약 소설을 쓰고 있는 친구가 있다면 서로 바꿔 가며 읽어 보세요. 그럼 글쓴이만 아는 고충도 나눌 수 있어요. 또 필명으로 인터넷에 올려 불특정 다수의 사람들에게 보여 주고 그 감상 평을 확인해 보세요. 단, 별생각 없이 떠드는 말에 깨질 각오를 하고 미리 단단히 마음먹어야 좋을 거예요.^^

술 생각이 나면 찾는 아무개 편집자는 (내 담당은 아니지만) 놀랍게도 부인이 소설가입니다. 그래서 아내 원고는 담당 편집자가 아닌 남편이 먼저 읽는답니다.

처음 이 얘기를 들었을 때 나도 모르게 쓴웃음을 짓고 말았습니다.

"배우자가 편집자여서 원고를 뺏기다니, 나 같으면 싫을 것 같은데…."

그러자 모 편집자도 피식 웃으며 고개를 끄떡였습니다.

"응, 실은 집사람도 엄~청 싫다고 입버릇처럼 말해."

자신과 가까운 사람이 자기 소설을 읽는다고 하면 싫잖아요. 프로라고 별수 있나요?^^ 그러니 부끄러운 심정을 '반드시 넘어야 할 장애물'로 생각할 필요는 없겠죠.

COLUMN 6 무명이니까 더 철저하게

가끔 독자나 팬한테 '소설을 쓸 때 금기가 있나요?'라는 질문을 받곤 합니다. 차별이나 표절 같은 뻔한 것을 제외하면, '날림'이라고 대답해야겠죠. 앞서 밝혔다시피, 프로는 독자에게 돈과 시간을 들이게 하고 그 대가로 이야기를 제공하는 사람인 만큼 날림으로 급조한다면 독자에 대한 예의가 아니잖아요. 게다가 작품이 부실해지는 순간 즐거워야 할 '창작'은 단순한 '작업'이 되고, 탈고할 때 기쁨은 허탈한 한숨으로 돌변하여, 완성된 작품에 애착도 가지 않겠죠. 아무렇게나 대충대충 할 것 같으면 소설 따위는 쓰지 않는 편이 나을 듯합니다.

이와 관련하여 에피소드가 있습니다. 아직 내가 프리 라이터 시절이었을 때의 일인데요.

어느 날 문득 소설을 한번 써 볼까 하는 생각이 들었죠. 비교적 쉽게 미스터리 소설이 완성되자, 당시 알고 지내던 편집자에게 읽어 보라고 주었답니다.

다 읽어 본 그는 좀 머뭇거리며 입을 열었습니다.

"깜짝 놀랐어요. 모리사와 씨는 소설도 쓸 수 있군요. 재밌었어요."

나는 마냥 좋아서 이렇게 물었죠.

"다행이네요. 그럼, 책으로 내 주는 건가요?"

하지만 그의 대답은 NO였습니다.

그 뒤로 나눈 대화는 얼추 이런 내용이었습니다.

"소설은 재밌지만, 우리 출판사에서 책으로 내는 건 무리예요."

"어, 왜요?"

"모리사와 씨의 작품은 이른바 대작가가 쓴 소설 레벨에 가깝긴 하나, 그것만으론 책이 안 팔리니까요."

"음…, 대작가 수준인데도요?"

"예, 그래요."

"저 그건, 어째서죠?"

"미안한 말이지만, 모리사와 씨는 무명이잖아요."

"…."

"만약 모리사와 씨가 유명한 인기 작가였다면 우리 회사에서 출판했을 겁니다. 하지만 무명 작가의 작품은 당최 팔리질 않거든요."

답답해진 나는 다른 출판사의 편집자한테도 그 소설을 보내 봤지만, 돌아온 대답은 똑같았어요.

"소설은 재밌지만, 출판은 할 수 없습니다. 왜냐면 당신은 무명이니까."

참으로 잔혹하지 않나요?
하지만 엄연한 현실입니다.
'진심일까…?'
당시 난 몹시도 의기소침했지만, 받아들일 수밖에 없었습니다.

출판사는 어디까지나 '영리 추구 단체'입니다. 이익을 내야 하겠죠. 설령 편집자가 술친구라 해도 그 사람은 회사에 손해를 끼쳐서는 안 돼요. 만약 그가 팔리지 않는 위험을 무릅쓰고 무명 작가의 작품을 세상에 내놓았다면, 분명 이런 생각으로 그랬을 거예요.

'리스크를 감수하고라도 이 작품은 내 손으로 직접 세상에 내놓고 싶다!'

'저 작가는 아니 이 작품은 장차 잘 팔려서 본전을 뽑을 가능성이 크다!'

이 정도의 확신 없이는 결코 출판하지 않을 겁니다. 그러니까 만약 이름 없는 자가 소설을 책으로 내고 싶다면 '그냥 재미있는' 작품이 아니라 '놀랄 만큼 재미있는' 작품을 써야 한다는 말이죠. 대작가가 보통 쓰는 레벨로는 어림도 없고, 편집자로 하여금 '모험을 감행하는 출판'에 뛰어들게 할 정도로 탁월해야 합니다.

이래저래 현실을 깨닫게 된 나는 털끝만치라도 부실한 작품은 절대 쓰지 않기로 결심했습니다. 그리고 그다음에 착수한 작품은 줄거리를 구두로 설명하는 자리에서 편집자를 울릴 만큼 완벽을 기한 것이었습니다.

여하간 그 편집자는 사내 출판기획 회의에 내 플롯을 올려서 끈질기게 관계자들을 설득한 끝에 기획을 통과시켰습니다. 그의 열의에 부응한 처녀작 『바다를 품은 유리구슬(海を抱いたビー玉)』은 무사히 출판되었죠. 베스트셀러까지는 아니지만, 스테디셀러는 됐어요. 벌써 15년이 지

났는데도 간간이 찍고 있답니다. 불현듯 평소 내가 마음 속에 새겨 둔 말이 떠오릅니다.

'소설을 쓸 때는 일 미리의 오차도 허용하지 않는다.'

에필로그

소설가로서 당신의 '성장 이야기'가 시작됩니다.

이 책을 끝까지 읽어 주셔서 감사합니다.

고생 많으셨어요. 책을 다 읽은 당신이 혹시 '엄청나게 좋은 작품을 쓸 수 있을 것 같아!' 하면서 벅찬 가슴을 진정시키고 있나요? 그렇다면 그 느낌을 따라 소설을 쓰고 또 써서 이 책의 내용을 자신의 것으로 만들어 주세요.

만일 도중에 펜이 멈춘다 해도 괜찮아요. 이 책에서 해당 페이지를 열어 쓱 한번 읽어 보고 다시 쓰면 되니까요. 이렇게 마구마구 글을 쓰다 보면 어느 날 문득 깨닫게 될 것입니다. 자신의 '필력'이 감히 생각지도 못한 만큼 높은 수준에 도달해 있다는 사실을.

만약 그렇지 않다면 이전에 썼던 자신의 작품을 한번 읽어 보세요. 당신 스스로 자신이 얼마나 성장했는지 한눈에 알아볼 수 있을 겁니다.

슬슬 마무리를 지어야 할 때가 되었으니 한 가지 공지하겠습니다. 내 담당 편집자인 나카노 하루카(中野晴佳) 씨가 트위터에 이 책의 공식 어카운트를 오픈해서 운영해 주기로 했습니다.

무대 뒤에서 일하는 '나카노 선생'의 탄생입니다!

시간이 되는 소설가와 소설 지망자들이 이 어카운트에서 한데 모여 도란도란 소설이나 집필에 관한 얘기를 나눴으면 합니다. 서로의 고충을 나눌 수만 있다면 이보다 더 멋진 일은 없을 거예요.

소설을 집필한다는 건 늘 고독한 작업이지만 옆에 '동지'가 있어서 서로 격려할 수 있다면 그야말로 최고겠죠. 물론 나도 이따금 들를 겁니다. 어카운트를 살펴보다가 눈이 가는 '궁금한 고민'을 만나면 살짝 내 의견을 남길지도 몰라요.

어카운트는 여기 →

@shosetsu_9154

마지막 한 마디!

이 책의 독자 가운데 가까운 장래에 내 라이벌이 등장하기를 마음속으로 기다리고 있어요. 아니지, 분명 내 앞에 모습을 드러낼 겁니다.

그날이 오기를 고대하며 오늘도 내일도 그리고 그다음 날도 다 함께 실력을 쌓아 갑시다!

소설가 모리사와 아키오

How to write a novel that only professionals know

당신의 재능도 꽃필 수 있다

이 책은 소설을 쓰려는 사람을 위한 안내서이다.

이야기를 생각하고 플롯을 짜고 글을 쓰는 일련의 작업 끝에 소설이 있다.

소설을 읽는 이와 소설을 쓰는 이 그리고 프로 작가의 만남에서 텍스트의 즐거움이 빚어진다.

이야기를 생각하다

이 책에서 가장 먼저 나오는 파트로 상상력을 향한 무한 긍정을 엿볼 수 있다. 모리사와 아키오에게 소설은 '독자의 마음을 싣고 공상의 세계라면 그 어디라도 마음껏 날아갈 수 있는 마법의 열차'이다. 『난장이가 쏘아 올린 작은 공』처럼 사회 문제에 관심을 기울여야만 소설이라 여겨 온 한국 독자라면 어린아이와 같은 순진한 발상으로 보일 것이다. 문학은 여성과 아동에게 읽힐 오락거리일 때조차 교훈적이었고, 계몽을 향한 기획과 선전 도구 또한 그것의 쓰임새로 꼽을 수 있다.

그러나 모리사와 아키오의 조언대로 글감을 찾아 대중의 일상을 좇다 보면 자연스레 어느 한 사회의 실상이 눈에 들어온다. 완생을 향한 미생의 삶이나 생물학적 혹은 사회적 조건의 차이에서 오는 차별은 문화 콘텐츠가 줄곧 다루어 온 주제로, 주류에서 떨어져 나온 소외된 존재는 늘 우리의 관심사다. 동시대를 살아가는 사람들을 향한 이러한 관심이 세대를 넘어 뻗어나갈 때 역사의식도 생겨난다. 베르나르 베르베르의 『나무』, 『파피용』, 『행성』과 같은 미래 지향적인 소설은 미래학자라 일컬어지는 유발 하라리의 『사피엔스』의 지구 단위를 훌쩍 뛰어넘는다. 상상력만이 발휘할 수 있는 서사적 힘이다.

플롯을 짜다

저자는 이야기의 기본 틀을 '주인공의 성장 이야기'에 둔다. 그 자신이 고안한 'W이론'을 선보이며 주인공의 행복한 정도를 기준으로 삼는다. 그런데 살아 있는 듯 생생한 캐릭터 설정의 목적은 독자와의 공감대 형성에 있다. 이러한 인물 중심은 역사적 사건을 소재로 한 서사물보다 감정을 이입하기에 쉽다. 독자에게 감동을 전하기 위해 환경이나 운이 아닌 인간관계로 문제를 해결하고, 독자에게 상상의 여지를 주기 위해 상상력이 피어나는 구간에서 과감히 펜을 내려놓는다. 독자 지향적인 글쓰기 방식이라 하겠다.

그런 모리사와 아키오는 언젠가 자신도 '사소설'을 쓸지 모르겠다고 말한다. 흔히 일본 소설 하면 사소설을 떠올리곤 하는데, 저자의 신변에서 일어나는 일을 소재로 한 소설을 가리킨다. 1920년대 일본에서 처음 명명된 사소설은 일본 작가에게 있어 넘어야 할 산과 같은 존재다. 현대 작가 무라카미 하루키(村上春樹)는 사소설을 "작가가 자기 주변에서 겪은 사소한 일, 그중에서도 네거티브한 요소, 자기 허물을 극명하게 드러내는 소설 스타일"(『라쇼몬 외 17편의 이야기Rashomon and seventeen other stories』서문, Penguin, 2006)이라며 부정적으로 본다. 그럼에도 일본 사회에서 사소설이 한 세기 가까이 생명력을 잃지 않은 데는 귓가에 속삭이는 듯 말하는 소통적 기능이 한몫했으리라. 모리사와 아키오가 작자와 독자의 심리적 거리를 좁히기 위해 권한 일인칭 기법은 사소설의 특징이기도 하다.

글을 쓰다

소설을 쓰는 데 과연 일본 작가의 글쓰기 방식이 도움이
될까? 예컨대 쉼표와 마침표 찍는 법이나 세로쓰기와 같이
문법이 다른 부분 말이다. 그러나 가로쓰기가 통용된 한국
사회에서도 어감 면에서는 참고할 만하다. 『훈민정음』을 떠
올려 보면 알 수 있겠지만, 한국말에는 순 한글 이외에도 상
당 부분 한자가 섞여 있다. 한자는 중국·타이완·싱가포르를
포함한 한반도의 이두(吏讀), 일본열도의 가나(仮名), 베트남
의 쯔놈(字喃) 등 한자 문화권을 형성하며 오늘날에 이르기
까지 동아시아에 영향력을 행사하고 있다.

무엇보다 책은 가독성과 가시성이 동시에 작용하는 장이
다. 책을 읽는다는 건 종이에 찍힌 글씨를 따라가는 눈길과
머릿속으로 읊조리는 청각 영상이 조화를 이루는 행위이다.
완벽함을 도모하기 위해 자신이 쓴 원고를 직접 소리 내어
읽지 않더라도 독자의 입장에 서서 어디에서 숨을 쉴 것인지
어느 부분에서 멈출 것인지 시뮬레이션 단계를 거칠 필요가
있다. '미장원', '미용실', '헤어샵', '머리 땋는 집'의 일련의
변화는 한문 투, 외래어, 순 한글 사용이라는 무겁고 가벼운
말의 느낌뿐 아니라 한국의 근현대사와 궤적을 같이한다. 글
쓰기와 책 읽기는 동반자적 관계이다.

소설은 서사물 가운데 가장 대중과 가까운 장르다

　18세기 일찌감치 산업 사회로 접어든 영국에서 생겨난 '소설novel'은, 여성이 경제적 자립을 시작하면서 비로소 대중성을 확보했다. 과반수가 문해력을 갖춘 근대 도시 공간에서 대중과 함께 걸어온 소설은, 신화나 설화와 같은 커다란 이야기가 아닌 인간에 관한 '작은 이야기(小說)'이다. 상징적인 시에 비해 소설이, 그리고 수필이 더 작은 이야기이며, 작을수록 더 인간의 개인사와 가깝다. 역사·무협·판타지 소설보다 일기·편지·수필·사소설과 같은 귓가에 속삭이는 듯한 글쓰기가 더 독자의 공감을 불러일으키는 까닭이다.
　이러한 독자 지향적 글쓰기의 정석을 보여 주는 것이 일본의 베스트셀러 작가 모리사와 아키오이다. 그는 첫 소설 『바다를 품은 유리구슬』에서 최신작 『맛있어서 눈물이 날 때』에 이르기까지 20년이 넘도록 글 쓰는 작업에 온 힘을 쏟아 왔다. 모리사와 아키오가 만들어 낸 이야기 세상은 영화·드라마·코미컬라이즈로 미디어를 넘나든다. 『무지개 곶의 찻집』, 『여섯 잔의 칵테일』, 『쓰가루 백년 식당』, 『나쓰미의 반딧불이』와 같은 작품들은 한국 서점가의 한 자리를 차지할 만큼 널리 공감대를 형성하고 있다. 모 출판사에서 편집일을 하다가 자유 기고가를 거쳐 창작의 길에 들어선 그가 펜을 잡은 고된

손끝에서 한시도 놓지 않은 끈은 글 쓰는 즐거움이다.

이 책 또한 상상이라는 마법의 열차를 세상에 내놓으려는 사람들과 글쓰기의 즐거움을 나누고자 하는 바람에서 나왔다. 프로의 자격으로 이야기를 생각하고, 만들고, 쓰는 구체적인 방법을 들려주는 저자가 글을 다듬고 정리하는 마무리 작업에 애써 매달리지 말라고 조언하는 까닭이다. 얼기설기 이야기를 짜서 엮으려는 사람들과 머리를 맞대고 현실적인 문제를 고민하면서도 표현력·어휘력·구성력·캐릭터를 만들어 내는 힘을 끌어 올려야 한다는 원론적인 당부 또한 잊지 않는다. 언뜻 이야기에 재미를 더하는 요령을 알려 주는 듯 가벼워 보이는 방법들이, 이야기에 그리고 삶에 깊이를 더하는 진지한 길로 이어진다. 그의 소설 세계가 다양한 장르로 미디어 믹스화하는 요인을, 캐릭터 설정에 많은 지면을 할애한 이 책에서 찾을 수 있을 것이다.

이제 글쓰기는 새로운 국면에 접어들었다

요즘 들어 소설을 읽는 독자에 만족하지 않고 직접 글쓰기의 장에 뛰어드는 이들이 출현하였다. 일본뿐 아니라 한국 서점가에 글 쓰는 이를 위한 안내서가 속속 나오는 것도 이러한 현상을 말하여 준다. 대중이 글쓰기의 장에 발을 들여

놓음으로써 텍스트는 즐기는 장이 된다. 천재 작가의 전유물이었던 작품은 독자 참여로 텍스트로 거듭나고, 글쓰기의 장에 뛰어든 대중에 의해 즐기는 장으로 변화를 맞고 있다. 사실 텍스트의 즐거움은 저자의 죽음이라는 요란한 의식을 거치고 나서야 대중의 손에 넘어왔다. 그것이 롤랑 바르트에 의해 이론적 뒷받침을 받은 것은 지금으로부터 반세기 전에 불과하다. 민주화의 물결로 술렁이던 1980년대 한국 사회에 무라카미 하루키의 『노르웨이의 숲(ノルウェイの森)』이 『상실의 시대』로 상륙한 이래, 한국 독자에게 팝·재즈·스파게티·키친과 같은 가벼운 주제는 친숙해졌다. 책들로 넘쳐나는 세상에서 20년 넘도록 프로로 일해 온 모리사와 아키오가 들려주는 글쓰기 노하우의 밑바닥에 즐거움이 깔린 건 그리 놀라운 일이 아니다. 그 자신 작품, 텍스트, 즐기는 장으로 소설의 변화를 이끌고 있으므로.

모리사와 아키오가 오픈한 글쓰기 공작소에서 다시 한번 글쓰기의 즐거움을 찾길 바란다.

2023년 3월 20일
옮긴이 이민희

프로만 알고 있는 소설 쓰는 법

2023년 4월 15일 초판 1쇄 발행
2024년 9월 25일 초판 2쇄 발행

지은이 모리사와 아키오
옮긴이 이민희
펴낸이 류현석

펴낸곳 21세기문화원
등 록 2000.3.9 제2000-000018호
주 소 서울 성북구 북악산로1가길 10
전 화 923-8611
팩 스 923-8622
이메일 21_book@naver.com

ISBN 979-11-92533-03-2 03830

값 18,000원